# 外遇

李昂著

# 代跋

# 關於「外遇」這本書

到目前爲止，這本書仍是唯一一本以國內外遇個案爲實例、並咨詢國內各方面專家，所寫成探討「外遇」的專書。

有鑑於各國社會輿情、處理感情方式的不同，這本專爲台灣外遇問題寫成的專書，仍有其參考價値，故以新版略加修改重新出版。

李昂

一九九二、二月

# 關於本書作者

## 李昂

美國奧勒岡州立大學戲劇碩士，現任教於文化大學，爲國內知名小說作家，專欄作家。作品有多種外國文字譯本，在美、德、英、法出版。作品有：

小說：

「迷園」「殺夫」「暗夜」「一封未寄的情書」

「花季」等。

專欄

「女性的意見，李昂專欄」「走出暗夜」。

# 不變的問題

李昂

八五年寫「外遇」這本書時，外遇問題，經統計資料顯示，在一項「婦女最關心什麼問題」調查中，列爲「婦人個人最重要的問題」的第一位，遠超過強暴、婆媳、托兒等它項問題。

近幾年來，台灣社會有重大的變化，錢潮泛濫、股市暴漲暴跌，房地產高漲不下，交通進入黑暗期、環境污染日益嚴重。更不要說社會日趨暴力，綁票勒索深入各角落，政治的重大抗爭造成紛擾不安的印象，樣樣都令人觸目驚心。

如果現在再作一項調查，問「婦女個人最關係什麼問題」，或許，居於第一位的不再是外遇問題，而是離婚問題，或者，是恐懼家人被綁票的問題。

外遇可能不再列入婦女個人關心問題的第一位，或者說，外遇問題不像當年引起廣泛的震驚，並非外遇在我們的社會絕跡或日益減少，更可能的是，大家面對這個問題，已從當年的驚懼中逐漸習慣，「習以爲常」使得外遇不再是討論的焦點。

可是，問題仍然存在，也仍然得不到解決，因外遇而導至離婚總是時有所聞。究竟，外遇在最近一兩年間，以什麼樣的形態出現，又造成怎樣的個人、家庭、社會影響，仍是個十分值得關心的問題。

## 新的統計資料

在繼續作深入探討之前，來看一下最近的統計資料顯示出什麼樣的現狀，仍然是掌握問題的根本方式。

東海大學社會工作系教授簡春安，以四百五十六個外遇問題的個案，完成「外遇對家庭功能的影響」調查報告。

報告顯示下列資料：

——發生外遇者，有接近六成都是從商者。

——外遇不分教育程度。外遇者，高中和大學以上教育程度者，各佔近四成。但受害配偶的教育程度，初中以下有稍高的趨勢。

——外遇的高危險群以年輕夫妻居多，六成以上集中在二十六至三十五歲之間。

——外遇問題有家族流行性，百分之三十五的當事人父母或家人、親戚，有外遇的歷史。百分之二十父母或家人有離婚、分居或經常吵架的情形。

——外遇初發生，親友大部份並不知情。被發現後，約三分之二親友會輕視、甚至和外遇者拒絕來往。但外遇者的配偶却有不同待遇，半數親友會給予支持。

——外遇者有六成以上感到自責，有後悔之意的有半數。

——外遇者自以爲是對配偶不滿，才發生外遇，且認爲是在無法控制的狀況產生。但配偶認爲不然，認爲是受傳統三妻四妾觀念影響，拈花惹草的天性下才發生外遇。

——有一半的外遇者表示要回配偶身旁。但配偶和第三者都認爲外遇者有意享齊人之福。

——半數的配偶對外遇採勢不兩立的態度，第三者有半數（五成）抱著得過且過的心態。

——女性外遇有增多的趨勢，佔外遇個案的百分之十五。

相較於八五年我在「外遇」一書中引用的王輔天先生的調查，我們可以很驚奇的發現，根本上，外遇的形式、個中的問題，基本上並沒有太大的改變。比如說，配偶對外遇採勢不兩立的態度；配偶認爲外遇者有意享齊人之福；外遇不見得是對配偶不滿，而是受社會、天性影響等等。都讓我們發現，外遇造成的諸多問題，恐怕只要有「人」，有「社會」存在的一天，基本上都不會有重大的改變。

這便是爲什麼，我將八五年寫的「外遇」一書，稍作删減與整理，重新以新的面貌出版的重要理由。

# 不變的是感情

看來只要關係到感情問題，容不下第三者是必然的眞理。

過去的婦女讓丈夫娶三妻四妾，並不表示她們願意，而是受制於社會，也並不表示她們不傷心，試看多少閨怨詩詞，多少辛酸的等候丈夫回頭的實例。

差別只在，過去的婦女口不能言的問題，在較平等的現代社會裏，成爲「外遇」，也成爲社會問題。

因而，如果妄以爲現代社會，特別是這幾年台灣社會的急遽轉換與改變，便會使得外遇者的配偶或第三者，痛苦較少或不會有痛苦，那是對感情錯誤的誤解。

或者有人會以想，現代男女談情說愛都十分乾脆，見好就收，絕不拖泥帶水，快刀斬亂麻收放自如。這也許是個事實，但只要是眞正動情，我不相信有人能不受「第三者介入」傷害。更何況，「外遇」牽扯到的已經不只是感情問題，而包括家庭的破裂、是否離婚、子女、財產的分配等等問題。

面對一個家庭可能破裂、婚姻中的情愛背叛，我相信，與男女朋友移情別戀仍不可同日而語，傷害與痛苦，也是不一樣的。

看來，只要「情感」、「婚姻」、「愛情」存在的一天，「外遇」便會成爲問題、造成困擾與痛苦。

## 變動的社會價值

情愛的傷害如果是不變的，社會價值的認定，倒是一個恆常的變數。

在相隔數年的王輔天與簡春安兩次統計調查中，我們很感興趣的注意到，八五年統計數字顯示「有五分之三的外遇者保持與第三者繼續維持關係」，而最近簡春安的統計「有一半的外遇者表示要回配偶身旁」。

兩則統計資料可能因問卷的方式不同而產生差異，不能作嚴格的比對，但作一般參考，我們似乎可推出：過去有五分之三的外遇者能魚與熊掌兼得，但現在有二分之一的外遇者選擇回配偶身邊。

是外遇者良心發現？或受社會制約，只有回配偶身邊嗎？事實上參照這幾年的社會發展趨勢、男女情愛方式，似乎又不是這樣一回事。那麼，何以有較高的比率選擇回配偶身邊呢？

我個人以爲，這幾年社會大體環境的改變，使得外遇者較不易在第三者與配偶間優遊自得，過去由於配偶的忍讓與第三者的屈從，有五分之三的外遇者得以魚與熊掌兼得，最近，由於個人自主意識的抬頭，便可能迫使外遇者作選擇，才有一半的人選擇回配偶身邊。

再配合台灣社會愈來愈高的離婚率來看，我們不難發現，因外遇造成家庭問題，在過往的解決方式也許是三個人互相耗下去，而現在，較少人願意「維持名份、少重實質」的婚姻，「選擇離婚，重新開始」，便成解決外遇之道。

因而，一半的外遇者選擇回配偶身邊。我們自然也好奇，另一半的外遇者呢？當然，他們或有部份同第三者比翼雙飛，但恐怕更多的是，第三者的介入促使他們「脫離婚姻」，但要再結婚？「短期沒這打算」。

第三者並不見得是高離婚率的獲利者，這是想同「別人的丈夫」睡的年輕女孩不能不早有的自覺。

或許，在開放的社會裏，睡別人的丈夫，也並不表示渴求以婚姻作結束？

## 社會制約

隨著社會風氣的日趨開放，不少人可能會以爲，外遇很容易得到社會諒解，不至造成個人事業、人際關係的損傷。

但事實上由簡春安教授的報告中，我們會發現，情愛誓約中的背叛者，仍得到懲罰（三分之二的親友會輕視，甚至和外遇者拒絕來往）。而在前陣子渲染一時的「中姐脫冠」事件中，有婦之夫又介入外遇事件的胡先生，不僅最後以離婚收場，還被工作單位開除其職位。

而外遇者，也並非如我們以爲的完全沒有負擔的大享齊人之福。報告中顯示出有六成以上感到自責，有後悔之意的達半數。

這與我們一般對外遇者的瞭解有頗多吻合之處。外遇在一開始的數星期、數月中，當感情處在濃蜜的愛意中時，所有的問題暫時被掩蓋，而一當情衰愛弛，面對外遇能無怨無悔、能不受良心自責的人，實際上並沒有我們以為的多。

可見，台灣社會至少仍有一些制約力量，而人性也尚未敗壞到無藥可救。

## 再次選擇

總結的來說，簡春安這份報告，最令我驚訝的是外遇年齡的降低，六成以上集中在二十六至三十五歲間。

以往我們一直存在一種刻版印象，外遇的男人多半中年，三五～五〇歲之間，事業逐漸有成就，也有社會地位，吸引一些年輕的女生的愛戀，或主動想找尋年華老去之前的第二春。

這類的外遇形式相信還存在，但值得注意的是，八五年以中年為主的外遇，在今天卻淪為年輕人為主的外遇。

在外遇的形式上，也展現不同的方式，中年為主的外遇，多半仍受傳統價值觀的影響，一方面又要外遇，一方面對配偶仍心存愧欠，對長年建立的家庭、子女，也存有一份因時間累積的情感，因外遇導至拋棄配偶的比率，相形之下並不高。

但年輕一代（二十六歲至三十五歲）之間的外遇，由於結婚的時間較短，較缺乏一同攜手走過風雨人生的感情。個人主義盛行，相對對家庭、子女的付出也較淡薄，有了外遇後，共同想面對問題尋求解決也較不積極，「好聚好散」造成各奔前程的實例不少。

更值得參考的是，外遇從婚後第三年便開始攀高，於婚後十年達到高點，以前的「七年之癢」現在成爲「三年開始癢起」，著實令人觸目驚心，面對越來越缺乏保障的婚姻，如何維繫一個快樂（或者不要說快樂幸福、只要還過得去即可）的婚姻，可能成爲生活的重大課題。

當然，發生外遇者，近六成都是從商者，這與我們一般的瞭解並無太大差異，商人較有週轉的閒錢，而非固定的死薪水；商人時間較自由、應酬交際人面都較廣，自然是促進外遇的良機，所以嫁作商人婦，生活感情在大風大浪、上上下下起伏，自然也是意料中之事。

## 不變的問題

儘管外遇的年齡降低，開始外遇的時間提早；對家庭的觀感也有所不同，「好聚好散」可能是一些人處理外遇的方式。

但，因外遇而造成的情感傷害，是否要離婚的困境，如何維繫與發生外遇配偶的情感，離婚時該注意什麼問題，在在仍是不變的問題。

這就是我爲什麼決定重新印行「外遇」這本書的理由，因爲，上述的問題，都是「外遇」這本書企圖追踪、解決的。

# 爲何要寫外遇

李　昂

在寫專欄的期間，接到讀者最熱切反應的問題，毫無疑問的是外遇；我個人作的類似社會工作，接觸到的人、事，以及，從熱心於社會工作的朋友口中，聽來的更不乏與外遇有關的問題。外遇普遍嗎？我相信很普遍，只是缺乏確實的統計數字來作證明。

在現代社會中，外遇的確是許多結婚者的夢魘，也是許多扮演介入的第三者的不歸路。對這個問題，我早想作進一步的探討與瞭解，於是聯合幾個朋友，透過中國時報的專欄，願就法律、醫療、心理、社會等等方面回答讀者所面臨到的外遇問題。

接到的信自然如預期的踴躍，前後收到將近兩百封信，由於回信的時間有時效性，因而在專欄中數次呼籲，過此時間將不再給予個人回信，但面對繼續寄來的信，實在不知道該如何處理。

而且，有的接獲回信的讀者，繼續寫信來，限於時間與精力，無法再繼續通信。更重要的是，許多問題，並不容易在一次回信中談清楚，也難以在一次回信中，給予有效的幫助，我們除了建議來信者繼續同社會服務性機構連繫外，也找不到更妥當的處理方式。

就這樣，我想到寫一本與「外遇」有關的書，整本書中，只針對外遇來談論，綜合學者專家的意見，希望或能給讀者一點幫助。當然坊間談外遇的文章不是沒有，而且可還眞不少，但都是雜誌中作的一集專題報導、或報章上的零星文章，除非知道期數並特別回頭去找，否則難買到過期的書報，即使找到了，談論的問題取向，有時候與每個人所需並無直接關係，花了巨大心力，所得的幫助與效果也許並不大。

爲了使讀者能對外遇問題有較全面性的瞭解，我將這本書分爲緒論、統計、心理、社會、法律、醫療與性、女性的成長、請先不要自殺八個章節來談論，希望涵蓋有關外遇的種種問題，提供有效的意見與幫助。

這本書寫作的對象是一般的讀者，不是學者專家，因而採取淺顯的文字，只要能閱讀書報雜誌，讀起來一定不會感到吃力。除了文字淺顯外，在比較艱深的法律部份我特別舉了許多例子，用實例來解釋法律條文，以便讀者能「看了就懂」。

這本書的另一個寫作特性，可以說是一本「How-to」的書，也就是說，「讀了後能如何去作」的指示性的書籍，完全不談打高空深奧的理論或不可能做到的方法，我們希望提供的，是眞正有效的、有建設性的意見與方法。讓讀者讀完這本書會有所助益是我最大的理想。

有朋友笑我做這種笨工作，放著本身的正業——寫小說不去寫，大熱天裏還四處跑出去作訪問。還有的朋友認爲我花時間做這種工作，簡直是浪費自己的才華。我個人對自己並沒有這類的期許，也從來不以爲自己有那麼重要。能對人有幫助、能提出一個值得討論的社會問題，並試著盡最大的能力去解答、提出對策，一直是我生活中的重大目標。我不是一個受過訓練的社會工作者，我也不可能將所有的時間花在個案處理上，但我有一枝筆，有一點寫作十幾年讀者對我的小小信賴，而且，最重要的，我不恥下問、不高估自己的能力。從扮演一個採訪者、一個資料收集者，到一個專欄作家，我花了相當巨大的心力，完成了這本書。本書中的許多問題，在我幾年的專欄寫作中，有的已經涉及，但爲了給讀者更深一層的信賴，認爲並非我的一己之見，如果談論的論點與我本身的立論一致，我通常記錄被訪者的意見，而不是我個人的看法。我要重覆一次，寫這樣一本書是希望能對廣大的社會大衆有用，並非要炫耀我個人的才能。也因而在資料的引述上只要本身論述詳盡而清楚，我不再加入自己的意見談論。

「外遇」裏探討的雖然主要是外遇問題，對家庭已經產生變化者，對介入第三者自然會有所幫助。對家庭尚未出現問題者，學者專家的意見，未嘗不是能健全自身、防範未然的好建議。避免悲劇的發生，也是我的期望。

如何有效的使用這本書，在這裏特別作一個簡介。首先，讀者最好從頭到尾大致看一遍，以期對本書的脈絡，有個概括的瞭解。接下來，如果個別對那方面有特別需參考之處，再回頭專就那個章節閱讀。找尋資料可參考前面的目次，寫作時我儘量將整章分化爲小段落、一個個問題來談論，因此加上許多小標題，在目次中這些標題都明顯的標示出來，並包括頁數，讀者可就目次找尋，相信可以很容易找到所需。

書中第五章法律，第六章醫療與性，由於談論到專業知識，因而章節上劃分上十分清楚。前面社會、心理兩章，分別談到外遇問題的社會、心理層次，兩章合起來參考，可以有助對外遇問題作完整的瞭解。至於第七章女性的成長，除了對女性特別提出生活、婚姻之道，也提供不少「相夫」術，對解答「外遇怎麼辦」，有相當參考價值。整體而言，第三章社會，第四章心理，第七章女性的成長，可以相互參考，更能發揮本書的效果。

爲了適合國人閱讀，爲了對本地的問題能眞正有效的掌握，我引用國外的例子與資料並不多。希望這本探討現階段臺灣的外遇問題的書籍，同時也是臺灣社會的剖面與寫照，當然最重要的，希望這本書對你（妳）會有所幫助是我最大的心願。

# 就教的專家

統計權威 **柴松林**

留法社會經濟院博士，現任教於政治大學，國內知名統計權威。「消費者文教基金會」第一任董事長。

法律專家 **李伸一**

臺大法學士，舊金山州立大學碩士，文化大學三民主義研究所博士班，現職開業律師，「消費者文教基金會」現任董事長。

心理學家 **余德慧**

臺灣大學臨床心理學博士，現任教臺灣大學心理系，張老師月刊總編輯。

社會學家 **藍采風**

美國密蘇里大學哲學博士，現任教美國印第安那中央大學行爲科學系。

社會學家　**鄭爲元**

美國密蘇里大學哲學博士，現任教於臺灣大學社會系。

社會工作　**秦文力**

美國密西根大學社會工作研究所，現任教臺灣大學，有多年社會工作經驗。

婦產名醫　**詹益宏**

臺大醫學士，「詹益宏婦產科」院長，實踐家專婦產科講師，著有「婦幼衞生」（時報）「健康的第一步」「從懷孕到分娩」（臺視）等書。

家庭問題　**徐慎恕**

東海歷史系學士，現職家庭主婦，曾任女青年會委員、「婦女新知」雜誌社社委，在「國語日報」寫婦女家庭問題。爲「主婦聯盟」創盟者及第一任董事長

重大資料來自

社會學家 簡春安 東海大學社會工作系教授，臺中生命線主任。

心理學家 王輔天 臺大心理研究所。新竹生命線總幹事。

婦女雜誌

張老師月刊

婦女與家庭

# 目次

# 第一章　緒論

由於傳播媒體的報導，學者專家作的統計調查，外遇問題節節高升，成爲七〇年代臺灣婦女最關心的問題。雖不到談外遇色變的程度，但外遇存在我們周遭，在我們的親戚、朋友、同事、鄰居之間，外遇無所不在，無時不在，已成爲我們生活中的一部份。

外遇在我們的社會成爲重大話題，其實自有它淵遠流長的歷史背景。往前推移一點，只要倒退五十多年，在中華民國的憲法未制定前，外遇是合法的，不僅合法，而且受到鼓勵。

五十年並不是一段長時間，相信許多人仍記憶猶新，年長的父親、叔伯，甚至街鄰，有兩、三個老婆是常事，只不過，那時的婚外情人有另外的名字，不叫外遇，不叫什麼介入的第三者，而叫「小太太」或「姨太太」。

再往前推演一點，我們就眞要走入歷史了，大戴禮云：「婦有七出」。

「婦有七出……不順父母，爲其逆德也；無子，爲其絕世也，淫，爲其亂族也；妬，爲其亂家也；有惡疾，不可與共粢盛也；口多言，爲其離親也；盜竊，爲其反義也。」

這七出包括愛說話、不孝順，絕後無子，嫉妬等等。而嫉妬，當然是不滿丈夫另有女人。以上這些，都足以構成理由，讓丈夫把妻子休了，無需負任何法律上、道義上的責任，而且，最重要的，還可以大聲疾呼，錯不在我，在妻子，因爲她犯了七出的任何一條。

幾千年前大戴禮的話是否很熟悉？沒錯。今天有外遇的丈夫最容易取得同情的理由是：我的太太是個黃臉婆，她不能跟我談核子限武、雷根的大選、公害問題，她不能和我一樣齊頭並進，所以，我只有外遇去了，找另外的女人溝通。

上述這種錯不在我的觀念，外遇的理由也並非重大的過失，只不過是不能「溝通」，這與幾千年前因妻「嫉妬」而休妻，不是有異曲同工之妙嗎？

再來看歷史上的另一部份，那就是女性的外遇，女性的外遇結果不是產生「姨丈夫」、「小丈夫」，而是紅杏出牆，外遇的女人更背負了千古罪名，那就是「淫婦」，而姦夫淫婦，註定要殺夫的，不是嗎？

歷史裏最聳人聽聞的女性外遇，大概屬潘金蓮了。美艷年輕的潘金蓮嫁了畸型的武大郎，閨中寂寞，加上王婆從中穿針引線，潘金蓮於是與調情聖手西門慶外遇。潘金蓮這「一失足成千古恨」，接下來自然是「錯誤的第一步」，全盤皆輸。最後是站在正義一方的武松殺嫂爲死去的哥哥報仇，可是我們不免要問：扮演外遇介入第三者的西門慶，他的懲罰在那裏？

女性的外遇是淫婦，而且，更有趣的是，所有歷史裏的女性外遇，都被塑造、描繪成爲了「性」，好似女子根本不懂情爲何物，而且，都是饑不擇食似的，一碰到男人就被騙上手，外遇的過程不見情、愛，只有慾。

男性的外遇，則高雅多了。他們甚且連到妓院，也可以詩、曲、舞、酒，「才子佳人」一番，贏得「風流才子」的雅號。男性一「風流」可以「才子」，女性一「風流」則成「淫婦」。這大概就是傳統的「外遇」定義。

此外，外遇對男性來說，涵蓋的層面很廣，從「贏得青樓薄倖名」式的風塵女子，到一般的良家婦女，男人一概照單全收。曾經是「人盡可夫」的青樓女子，娶來作元配是不行的，但作姨太太絕對沒有問題，而且多幾個也無妨，這是最典型的「鄭元和與李亞仙」的故事。中國的男性何以變得如此怕戴綠帽子，何以變得如此的缺乏「道德勇氣」，實在是有趣和值得深思的。

如果對象是一般艮家婦女，窮人家的小家碧玉是最佳人選。孤女、孝女更可以爲男性增加光彩，戲曲裏面不斷的有苦難女子賣身葬父的故事，男性購買者旣享受了美女，還多了一項「助人」的美名。

而如同國人一向強調的「各就各位」，所謂君君、臣臣、父父、子子，在這些衆多的女性裏，「名份」自然十分重要。名份使得一把從大家閨秀，青樓女子到小家碧玉的女性，有了一個排列秩序，而且因爲這秩序如此難以僭越，許多婦女爲了空有的「名份」，安份的，忍讓的自願作她們的貞節烈婦——不過老實說，不作又能怎樣？這些大門不出二門不邁的弱女子，貞潔些守住名份，恐怕是唯一換取三餐的方式呢！

擁有「名份」的太太，自然不能計較別的，特別是像「嫉妒」這樣的東西，是「七出」的理由之一。「金瓶梅」裏的大太太月娘，因著她的不嫉、公正，西門慶還對她略有幾分擔待，這樂壞了許多假道學家和女人，都覺得月娘具備女性的典範。說穿了這些典範很簡單，就是要能容忍丈夫的四名小老婆及不斷的「婚外性行爲」。

中國男性（恐怕也是許多女性）心目中最理想的妻子，還不是月娘，而是芸娘莫屬。「浮生六記」裏塑造了一個中國人的夢，那就是慧質蘭心的芸娘。能談心、能詩詞、懂得生活情趣是芸娘的特點，但且慢，眞正使那許多男性（很抱歉還包括許多女性）心儀的是，芸娘不僅對丈夫婚外逢場作戲表現出她毫無嫉意，還公開的鼓勵，勸導丈夫納妾——這使得她成爲許多人認可的賢慧的妻子。

讀者也許要說，芸娘是幾百年前的人物，提它作什麼，可是現代就沒有芸娘嗎？自然是有的，只是也許沒有那麼主動而已。我們經常聽到，某太太因爲不能生育，在丈夫、公婆的要求下，准許丈夫納妾。或者說，某太太生了數名皆是女孩，不能再生了，自覺對不起丈夫，「無後爲大」，允許丈夫納妾。或者說，爲了挽住丈夫的心，替丈夫娶了姨太太，但求保住自己的地位。而更大多數的婦女，是抱著「忍忍，他會回頭」的心理，接受丈夫的外遇。對丈夫外遇採取激烈行動，畢竟仍是少數。

幸或不幸的，從古至今，婦女的觀念畢竟還是略有改變，以往視爲理所當然的接受丈夫納妾的心理，現在至少已開始打了問號，「一夫多妻」既不容於法律，婦女也不再理所當然的接受，卻也因此產生婦女更大的困擾。對一些在經濟、人格都還不能獨立的婦女，「不接受（或不願接受），但又能如何呢？」困擾現階段的絕大多數婦女，有些婦女乾脆想：倒不如生在古代，反正每個人都這樣，也就不覺得痛苦了。

至於對作丈夫的而言，「婚外情」、「婚外性關係」大概古今皆然觀念上變化不大。首先，女人越多表示越有辦法，或者說，愈有辦法的男人一定三妻四妾；男人是博愛的，男人感情先天上就不專一，是幾千年來的中國式神話，再加上男人不管怎麼在外嫖妓玩女人，「浪子回頭金不換」，都是最好的外遇藉口與最佳的鼓勵，鼓勵男人「試了後一定會被原諒的」。

倒是在形式上，男性的外遇從古自今，略有改變。在過去，男性要的不管是青樓女子或小家碧玉，由於傳統社會裏女性根本沒有謀生能力，男性一要和她們「外遇」、「婚外情」，得付出極實在的代價，那就是金錢與要進門給予身份上的認可。傳統的姨太太是公開的，她有她的名份，只是難聽一點，叫作「作小」，但畢竟是公開被認可的。娶個姨太太也並不是那麼簡單，青樓女子要一大筆贖身費，小家碧玉也得給她的家人一個交待，更重要的，進得門後，衣食住（古代女子不出門，所以行的費用算免了），全靠男性，她自己是用不著再去張羅吃穿的了。

反觀現代的「外遇」、「婚外情」，由於女性的獨立，有自主的經濟能力，男性可以無需付傳統「姨太太」的生活費；也由於一夫一妻的法律限制，「姨太太」普遍的不流行，男性也無需給予外遇的第三者公開的、確定的名份、或迎進家裏。

這種較諸傳統可以負較少責任的現象，是否是使外遇節節升高的原因之一呢？回答這問題不容易，但相信男性如果比照傳統，給予外遇名份，正式迎進門，負責生活費，很多現代男人的確沒有能力負擔得起外遇。經濟條件不許可，很可能是制衡外遇最有效的途徑。

不幸的是，現代外遇不僅男性無需負責，無需付錢，仍有不少年輕未婚少女，憧憬著「成熟的中年男人」、「浪漫的灰髮」，看了太多愛情小說之餘，一不小心即踏上一條漫長的不歸路。這種一個願打，一個願挨的婚外情，還有著愛情作基礎，衞道人士只有搖頭嘆息，大嘆世風日下，人心不古。

眞正使衞道人士驚心的，恐怕是另一個事實，那就是，從我接獲的近兩百封信中，連我自己都驚訝的發現，外遇的對象，即是所謂介入家庭的第三者，有相當的比率並非單身女性，而是已婚婦人，也就是說，旁人的太太。

這使得妻子的外遇比率升高許多。相信不少人也有這類錯誤的認同：妻子的外遇對象是單身男性，就如同丈夫的外遇對象是單身女性。可是事實證明，外遇的對象有不少是已婚的身份，也就是說，旁人的太太或先生。

這就要接著談到有日愈增多趨勢的「妻子的外遇」。如果說男性的外遇從傳統至今，改變不大，只是越來越不需負責，妻子的外遇可說有驚人的變化差距。

首先，潘金蓮式殺夫的「淫婦」不再是女性外遇的模式，外遇爲著的也不只是性問題，而可能是對愛情的憧憬，對所謂美滿家庭生活的嚮往，也因而有外遇的婦女通常選擇離婚，要求與第三者在一起。

當然，無可否認的，一些有外遇的妻子，可能只爲著更高的物質享受，爲著性的滿足。但終歸起來，女性由於對愛情的專一看法，有外遇的妻子不像有外遇的丈夫，希望魚與熊掌兼得，享「齊人之福」，是可以肯定的。

我們不免要考慮，是否由於臺灣目前妻子的外遇仍不容於社會，有外遇的妻子不容易被原諒，丈夫也顧及「戴綠帽子」的面子問題，並不熱中於收覆水，才使有外遇的妻子不能保有情人，同時又與丈夫生活在一起？有一天，如果社會壓力減少，婦女對自己的外遇不再懷帶罪惡感，隨著觀念的演變，婦女不再視專一的愛情爲美德，到那個時候，婦女是否也會像男人一樣，將外遇與家庭作清楚的劃分，像男人一樣的希望外遇與丈夫是「魚與熊掌」，兩者皆要？

答案很可能是肯定的。以較先進的歐美國家來說，法國結婚婦女視外遇爲「能增加情趣，改善夫妻關係」，美國婦女也不少視外遇爲長年婚姻生活單調乏味的調劑。臺灣妻子的外遇，下一步，是否可能是歐美婦女的翻版，我個人以爲，可能性很高。

如此，我們要談的外遇問題，就得由歷史、社會層次走入人性的層次。因爲事實已在證明，過去女性外遇不普遍，也許並非女性先天上不要有外遇，而可能是因爲她們沒有機會、沒有能力外遇。只有兩性不平等的傳統社會，才會視男性外遇爲成功、有能力的表現，而女性的外遇爲罪大惡極的不貞。既然如此，我們不免要問：外遇是否存在人類天性中，像貪婪、嫉妒一樣，屬人類的基本天性？

不少學者專家同意，一夫一妻並非最適合人的天性的婚姻制度，人類可能像其它動物一樣，很容易見異思遷、屬雜交，而且不安於現有。硬要把人類這種「博愛」的天性納入單調的一夫一妻制，自然很容易有外遇的情形出現。

此外，年齡的改變，也影響外遇甚巨。根據統計，十九世紀，人的平均壽命只有三十五歲，而到二十世紀的現在，開發國家的平均壽命，可達到七十幾歲。以往一個人只有二十來年與配偶生活在一起，到現在，至少有四十年以上。如果上述「人容易見異思遷」的前題成立，夫妻間多一倍的相處時間，自然容易感到厭倦想向外求發展。

生產方式的改變無疑也使更多人有外遇的可能。在以往，除了統治階級、貴族階級，以及小部份中產階級外，大部份的人每天得以勞力辛勤工作才能換得溫飽。到現今，機器取代了人力，許多粗重的工作都可以由機器代作，一般人都得以節省下大量的體力，「飽暖思淫慾」，絕對有它的道理。

如此，要談論外遇問題的展望，外遇是否可以不再是重大的社會問題。基本上，我以爲可以從兩方面著手，一方面是就人性本身，一方面是等待社會觀念的變遷。

基本上我同意外遇是人的天性的一部份，也認爲現有的婚姻制度並非最理想的制度。但這樣說並非表示我無條件的同意外遇。的確，人也許有雜交的天性，但這種天性，應該被視爲像貪婪、獸性一樣，在人類文明的進化過程中逐漸泯滅，也許無法眞正自人類的天性中消除，但文明與文化，卽是要將這些部份減弱，以期人類能擺脫野蠻時期而進化。

所以根本上我以爲不能將外遇視爲天性加以縱容，反而要因爲外遇屬天性中不好的一面加以謹愼約束。就如同人類不能有這樣的藉口：人天性中有喜好殺戮的傾向，所以殺人只不過符合天性。

同時我以爲應該將外遇同婚姻視爲兩件事來談論。婚姻也許並非最理想的男女關係與制度，現代人一般也已有這樣的共識：與其維持不好的婚姻，倒不如離婚。因而當婚姻觸礁，嘗試後眞正不能再維持下去，離婚再重新開始，應該是比較健康的作法，而不是以婚姻不美滿作藉口，事實上根本是想在外面亂搞的外遇去了。

而如果有人要視外遇爲天性，那麼，事實上他或她就不該結婚，現在有多種有婚姻之實而無婚姻之名的生活方式，如同居，或乾脆不結婚，朝三暮四也只是個人的問題。我以爲，婚姻是一種契約行爲，在結婚證書上蓋下章的同時，就表示要對這項契約負責，要過一夫一妻的生活，外遇的行爲會破壞這項契約，會在一夫一妻間造成不平衡，它一定有違婚姻，因而必需儘力避免。

可是隨著社會的轉型與變遷，價值觀的混淆，要想依靠道德意識或意志力以預防外遇，眞可說是難上加難。自己還可以想法把持，可是對配偶卻不見得有絕對的約束力影響力，萬一配偶外遇了怎麼辦，成爲許多人的夢魘。

就積極的意義來說，外遇也許不儘然只有負面意義，外遇可作爲婚姻的警示燈，標示出婚姻的難題並想法謀求改進。這通常需要健全的人格才作得到，但至少表示，外遇之於婚姻，如能好好把握，也還可以亡羊補牢，猶未晚也。

此外，隨著社會觀念的演變，不管是丈夫的外遇或妻子的外遇普遍起來後，夫妻雙方自然能以比較持平的方式來看待外遇問題，那時候許多人可能會像今天美國有些年輕的前衞人士一樣以爲：外遇與愛情並不一定有關，外遇可能只是一時的激情，想嘗試新鮮事情的衝動，它可以是短暫的、過後即逝的，並不影響婚姻長期中累積的恩情與情愛。

或者，有人會這樣想：要配偶結婚後一輩子只能愛自己一個人也沒多大意義，也不能證明自己因而就成功、偉大。感情出軌既然可能性那麼高，不要將對方看成生命的全部，只當是人生路途上的一個伴侶，有時候他（她）因各種因緣際會，出軌一下也無不可，這樣，外遇自然不再是心頭大恨。

當事者如果能以上述心態面對外遇，願意用較擔待的眼光來看它，外遇產生的傷害，就不至有那般巨大的殺傷力。

另外，觀念的改變將造成一個開放的社會，在這樣的社會裏，男女間的問題會有更多的可能性與出路，男女間的交往方式也不只是婚姻一途，到時候，婚姻可以像契約一樣的有年限，幾年後婚約到期有一方不滿，可以不再續約，如果雙方滿意，則可再訂一次契約。這樣的婚姻制度，不是永遠不變，相信很多人會願意等待婚姻到期，不會忙著外遇去了。

我們期待一個開放的社會，男女間有更多的相處之道，讓外遇不再是解決人類見異思遷、雜交的唯一方式，夫妻彼此能用更健全、更公開的方式來處理這個問題。

不過無論如何該謹記在心的是：外遇由於牽涉到人最基本的感情問題，只要人類尚有眞情的一天，不管社會再開放，一般的觀念再進步，外遇一定仍具有巨大的殺傷力，感情的傷害不會因人類登陸月球有所改變，基本上，它是超越時空的一種傷害，我們能作的，能努力的，只是使這傷害減到最低。

也因而，我仍要一再呼籲，不管在現在或將來，只要心中仍存眞情，千萬不要輕易嘗試外遇再來後悔，這仍是每個人都應該謹記在心的名訓。但萬一發生後，不要將它看成毒蛇猛獸，也並非人類的世界末日，能合理、合宜的處理，可能仍有挽回之道，畢竟，外遇不是殺人放火，它的損害，並非永遠不能克服。

而不管用何種方式解決外遇問題，不管是個人對自己的把握，整體社會的觀念變遷，或男女相處形式的改變，我希望的是，在不久的將來，外遇不再是個人的、社會的問題。

# 第二章 統計

要瞭解外遇問題，讓我們先來看幾個統計數字。首先，以全臺灣生命線各單位七十一年度的一萬二千個家庭個案，按過去比率推算，將有三千個外遇個案，也卽是佔了四分之一。而以臺中生命線七十三年的統計，女性外遇已達百分之十五，也就是說，在四百九十三件外遇個案中，女性外遇佔七十件左右。

這樣的統計數字有什麼意義呢？很簡單，表示外遇是家庭問題裏的重大問題，而女性外遇，有節節高昇的現象。

而一般人對外遇，又有怎樣的看法呢？

多年前因一份統計報告，指出臺灣適婚年齡的人口比率有女多於男的傾向，引起男女兩性革命性的新發展與社會的注目，接著，從事多年消費者文教基金會活動，目前任教於政大的柴松林教授，相信讀者早是耳熟能詳。

七十四年三月八日，柴教授發表了「婦女最關心什麼問題」的一份研究報告，這份報告赫然顯示，外遇問題是婦女個人認爲最重要的問題。由於該項統計資料的其他部份也可以作婦女的參考，以下將刊登於中國時報的全文節錄部份，以便讀者對婦女問題有進一步瞭解。

## 婦女最關心什麼問題

婦女個人最重要的問題，按加權法之重要度順序排列，其前十個重要問題如下：

1. 丈夫有外遇
2. 缺少獲得新知識的機會
3. 婆媳相處不好
4. 升學競爭的壓力
5. 找不到適當的結婚對象
6. 感到生活沒有意義沒有目標
7. 害怕遭到強暴
8. 孩子沒地方可托
9. 缺少部份時間的工作機會

## 10.親友之間相處困難

其他被認爲重要的婦女個人問題，依序爲：男女感情問題、關心丈夫退休或死亡後的生活問題、缺乏零用錢、在家庭中沒有地位、未生兒子、受丈夫虐待、感到孤單寂寞、感到工作壓力太重想退回家庭、兒女不孝順等。

由此統計調查中，可清楚看出，在作爲調查的九百四十九人中，顯示婦女認爲個人最重要的問題是「丈夫有外遇」。這項統計調查證實也揭露了外遇問題被關心的程度，外遇是多數婦女的心頭夢魘，可以說是臺灣七〇年代婦女最關心的問題。

除了資料的分析，柴松林教授並以他敏銳的觀察力，對外遇問題有諸多精闢的意見。柴教授認爲，導致外遇有下列原因。

㈠臺灣由於空間小、人口衆多，生存競爭十分劇烈，較難維持人與人間的和諧。在夫妻之間，由於居住空間小，容易爭吵，覺得配偶不是很可愛，也因爲一家人好幾口，磕頭碰腦擠在一起，容易緊張，這些，都使夫妻間易生齟齬，而覺得旁的女性或男性較配偶甜蜜、親切與可愛。

㈡一般人普遍的對未來感到不安。臺灣的疾病保險、養老、退休都沒有制度，使人們一生都活在恐懼中，怕老了，不能工作了，生活沒有著落。這樣的環境容易養成貪得無厭的性格，許多人會以爲能要到手趕快要，不要白不要，這種貪得無厭表現在男女關係上，自然使外遇頻繁。

㈢諮詢機構不足。在臺灣，除了張老師、生命線外，根本沒有全省性的諮詢機構。有的團體義工能力不足、專業程度不夠，不能眞正給予幫助。更糟的是，許多人根本不知道有這類機構存在，也不知如何使用。臺灣社會也不像歐美，有神父可以告解、婚姻諮詢服務、心理醫生可以傾吐。面臨困難要找人訴苦並不容易，很容易因異性朋友肯分擔困擾，逐漸走上外遇一途。

㈣寂寞難熬。臺灣社會由於遷移頻繁，特別是大量人口湧向都市，許多人沒有朋友、親人在一起，常感到很寂寞。在這樣一個充滿陌生人的世界，些微的友善表示，都容易導致錯誤的認可，日久容易因想填補寂寞而出軌。

㈤正當活動不足。最近還有晨跑、土風舞等等活動的推廣，但除此外，社交機會幾乎沒有。很少有連絡感情的聚會，許多人除了職務上接觸的人外，很少有機會認識其他人。寂寞、精力難以正當的排遣，剩餘的精力最好的就是外遇去了。

㈥社交方式有問題。一些社交場合，通常只請單方，而不會請配偶一起參加，比如男性的工作夥伴一起有業務的接觸，有應酬時太太根本無從加入。這樣很容易製造一些不當的接觸機會。加上中國傳統的招妓陪酒風氣，應酬不帶太太而找歡場女子作陪，更容易有出軌行爲。

㈦對婚姻認識不清

⑴不知愛的眞諦。眞愛應該是把自己伸展出去與旁人聯絡、透過實踐才能達成，愛情要靠自己積極行動才能獲得，而不會從天而降主動來臨。愛最重要的是照顧、給予適當的關切，愛是對配偶的成長、需要給予回應與支持。愛是給予尊敬，尊敬對方獨立的人格而不是控制對方。請問，你（妳）的愛是這樣的嗎？

⑵對婚姻誤解。許多人先入爲主認爲結婚是戀愛的墳墓，希望愛情一定是畸戀似的，睡不著、痛哭流涕才算是愛，一當這些特徵在婚姻中失去，就認爲婚姻死亡。事實上，婚姻是愛情的過程，不是結束，是需要不斷的加強，而不是任其消失。婚姻中長久維持的關係，因爲夫妻雙方經過長期相處才達到更深的彼此瞭解，這種

關係使人能進入更高的境界，使關係加強、加深，這種關係也絕不是新人的表面刺激能比擬、取代，但一定得懂得珍惜才能體會其中好處。

(3)結婚動機不良。有不少人不願和配偶一起創造未來生活，不願作個創造者而想要坐享其成，作個分享者。事實上分享者的地位一定只能居於附屬，配偶不會眞正的重視這種關係，因爲，你（妳）可作分享者，別人也可以作，但一同開創的創造者，卻能贏得恩情與持久關係。另外，有些人過度的樂觀，他（她）們以爲用愛、婚姻能改變一個人，事實上，有些敗德的不良劣行，根本上很難因愛而改變。不要過度理想化，等婚後行不通再來後悔，何不找個越少劣行者越好。而那些品行不端者，要想結婚，就該將自己弄好、改變與改進，才能享受婚姻、減少婚姻問題。

(4)不知如何過婚姻生活。夫妻生活很重要的是可以共渡生活危機、減緩生活的挫折感，可是在傳統「男人不能表現失敗」的觀念下，很多丈夫從來不曾想到可以同妻子表現出焦慮，再尋求合宜的解決，讓妻子的體貼與安慰撫平挫折。反倒是，許多作丈夫的感到表現失敗不光彩，將挫折轉移成對多方面的挑剔，不是責怪屋子沒有收拾好，就是不會教導孩子，或摔東西、駡人，這樣，夫妻情感自然不會和諧。或者，夫妻在言語上對對方不尊重，特別對對方的親屬。「你哥哥來還不是來向我借錢」，這種話當然很傷自尊。或者，丈夫或妻子小氣，比如太太一天給五十塊錢，丈夫根本不夠花用，只好藏私、加班費不拿回家，薪水袋分兩份，長久以往，丈夫會想，找個女人不限制自己多好。

柴松林教授還特別指出，夫妻之間不會計劃將來，也使得夫妻關係不持久。許多人都以為，夫妻嘛就是這樣，好像夫妻間只有現狀，沒有將來。事實上，夫妻如能多作計劃，五年後要一起到那裏玩一趟，今年年底太太要學會簡單日文，好對丈夫的貿易公司有幫助。這些計劃、共同要作的事，都會使得夫妻生活有遠景、有將來性，並因為共同作事、共同進步而更親近。

此外，柴松林教授也提到夫妻間相互提供的服務不是「應該」，而是出自相愛，不管夫或妻沒有權利回家要求：這個那個怎麼沒做好，而應該懷著感謝的心，關懷、尊重配偶作的一切。這點在第七章「女性的成長」，徐愼恕女士也有相類似的看法，讀者可以相互參考。

以上是柴松林教授由社會、個人、婚姻各方面提出外遇的原因，瞭解這些外遇的理由，再小心避免重蹈覆轍、改正缺點，相信能促進夫妻生活美滿——這是預防外遇的最佳方法。讀者可以將柴教授的意見參照第七章「女性的成長」一起閱讀，相信會更能瞭解美滿婚姻之道。

## 丈夫的外遇：王輔天的調查

臺灣大學心理研究所王輔天先生，以向生命線求助、丈夫有外遇的妻子爲對象，作了一項問卷調查，在四百零九位太太圈選的答案中，整理出一些外遇的端倪。這份資料當然具參考價值，有點可惜的是，由於所有的資料都是妻子回答，也許不見得十分客觀，但就算是「妻子眼中的外遇」，仍是現階段研究外遇極珍貴的資料。以下是調查的部份結果。

㈠外遇何時發生

根據王輔天先生的調查，外遇問題在結婚三年後發生的爲八七%。

㈡外遇的對象

一二%的外遇，是丈夫結婚前的舊識。可能是丈夫婚前相識的舊情人，因故分手，婚後又死灰復燃。

㈢外遇會停止嗎？

八〇%的妻子認爲丈夫和外遇對象來往一直沒中斷。百分之五十以上的妻子認爲丈夫和外遇對象每天見面，否則每星期也會約會一、二次以上。

㈣婚前花心的男人婚後容易外遇嗎？

偸腥的男人必有花心的前科嗎？未必見得，七〇%的丈夫沒有外遇經驗，只有不到三分之一的丈夫是有一次經驗的個中高手。

㈤外遇的親密程度

十分之一的丈夫和外遇對象只約會談心、打電話而沒有肉體關係。六七%的丈夫和外遇對象有身體上的親密關係，有二〇%懷孕或已有小孩。

㈥爲第三者離婚嗎？

只有一五%的丈夫要求離婚，暫時和妻子分居。搬去和第三者同居的只有八%。承諾要與第三者斷絕關係的只有六%。要太太給時間來和第三者分開的佔九%。

拿不定主意的有一一％左右。

(七)回頭是岸嗎？

有五分之三保持與第三者繼續維持關係。一五％的太太認爲丈夫有心回頭。

(八)外遇與性有關嗎？

在夫妻日常生活的差異上，爭執最多的並非性失調問題，而是溝通的困難，許多人表示最大的難處在彼此很難相互包容。

(九)外遇後還愛丈夫嗎？

有一半的太太因爲丈夫有外遇收回對先生的感情，也有另一半表示並不因丈夫外遇就否定對丈夫的感情。

(十)丈夫還愛自己嗎？

有七〇％的太太感覺因爲第三者的介入，自己收到的感情比結婚時更加短缺。有三分之一的太太覺得結婚當初，丈夫對自己的愛情卽並不夠堅定。

以上資料，可以證實許多對外遇的猜測與看法，包括一般人常感覺與認爲的：丈夫的外遇通常希望「魚與熊掌」兼得享齊人之福；有外遇的丈夫常與第三者藕斷絲連糾纏不清；外遇通常不限於柏拉圖式的兩情相悅，而是有親密的關係；外遇多半由於夫妻間不能相互適應，而非性不協調。

根據這份統計資料，使得我們對外遇問題，可以有更全面更清楚的掌握，能抓住問題核心，要研究如何處理外遇問題，自然才容易中肯、有效。

由我接到的近兩百封信中，我也在整理一份資料，將讀者的來信完全隱去姓名、發生事件，在絕對不涉及個人的隱私權下，填成一份份問卷式的調查，再將這份資料送交柴松林教授作統計。

國外也有由專欄來信中整理出來的統計資料，這類統計資料當然不能絕對有效的反應問題，但至少可以具有相當程度的參考價值。在目前，外遇問題雖節節升高，但許多數據、資料都還缺乏的其時，更多的研究與探討，相信一定有助於我們對問題的掌握瞭解和尋求對策。

# 第三章 社會

# 外遇何其多

要談外遇問題，首先當然得對外遇下個定義。有人以為，凡是「婚外性關係」，包括與妓女買賣式的行為，或偶一為之的性關係、作完了連雙方名字都不知道，都算作外遇。此外有人以為，外遇一定得在外租屋同居，才算外遇。對這兩種定義，我以為前者過於寬鬆，因為偶一為之或買賣的性行為，對婚姻的本質影響不大，不會造成家庭問題，自然也不值得「大驚小怪」的寫一本專書來討論。至於後者，我認為定義太嚴苛，許多持續多年，有深厚感情的外遇，當事者並不見得住在一起。

我個人對外遇有個定義，也是不少學者專家的定義，那就是，構成外遇有三個基礎要素：一、包含有感情成份、二、已發生性關係（或至少有親密關係如接吻、擁抱）、三、是一種持久的關係。包含這三個因素，才算是外遇。

依照前述定義的外遇，在我們的社會中究竟有多普遍，有何意義，造成什麼問題，都是我們先要討論的。談論這個問題，我很感謝在美國密蘇里大學拿得博士學位，現任教於美國印第安那中央大學行爲科學系的藍采風博士，提供了美國的統計數字與資料，使我們對外遇問題有所借鏡。

藍博士對「離婚」問題有深刻研究。首先，我們來看藍博士提供的美國有關外遇的資料。

「婚外性關係在許多文化社會中是屬於一種禁忌，即使號稱開放又自由度極高之美國社會，一般人仍對此種關係極表反對，據 Singhetal 一九七六年之研究報導言，約有七五%之美國人仍認爲婚外性關係是「永遠不對之行爲」，僅有二・五%認爲「它根本不是不對的行爲」，雖然這麼多數之美國人反對婚外性關係，但是實際行爲卻與態度有極大之差異。早期金賽等人之研究揭開了令人驚訝的統計。約有二六%之妻子及五〇%之丈夫言他們在四〇歲以前至少曾經與非元配發生性關係。雖然統計分析（有些人不願承認極高隱私之性行爲；也有些喜歡對外遇這件事吹牛）不盡可靠，但各方調查下，在美國的五〇%丈夫與三三%之妻子有外遇之經驗的統計數字似乎是令人相信的。雖然一九六〇年代以來，婚外性關係之比率未有極大之變化，但三〇歲以下（尤其妻子）之比率卻有急增之勢（Hunt 1974）」

由藍博士資料顯現，外遇在美國有極高的比率，但在臺灣，因缺乏可靠的資料，我們只能主觀的以爲外遇問題極爲普遍。爲何外遇在現階段的臺灣社會成爲如此重大的問題，我個人以爲，與對外遇認可的程度有關，也就是與前面藍采風博士所說的婚外性關係是否在許多文化社會中是屬於一種禁忌有關。

談論臺灣對外遇的反應，由於缺乏統計數字，我只能採取個案作一般化的解說。就我接到的近兩百封來信中，就受害者而言，一開始卽強烈的不能原諒丈夫或妻子外遇的幾乎沒有，多半是因事發後的處理不當，才造成不願原諒，否則多半希望丈夫（妻子）能回頭，卽無條件原諒。就「家庭與婦女」作的十個人抽樣訪問，絕大多數是這類意見：「我認爲外遇與道德牽扯不上關係」，「如果男人眞的愛第三者，我還可以忍受」，「這種事，我可以接受」，「我不贊成外遇，但也不反對，因爲感情很難說」，「我可以體諒，如果只是爲外遇而外遇（特別是爲了性），就太不應該了」。而有三個人不會正面表示意見。

「家庭與婦女」的抽象訪問對象在四十歲以下，可能因接受新觀念有較開放的價值觀；而四十歲以上的人，則可能因爲過去親友（父親、伯叔）一向三妻四妾，對外遇視爲理所當然。

總括起來，一般大衆（特別是婦女），對「有感情」的外遇，採取較寬容的態度，排斥以性爲主的外遇。但對受害者，特別是丈夫有外遇的受害者，如果要她們在兩者選其一，很多婦女較願意忍受以性爲主的外遇，而害怕以感情爲主的外遇。她們大都以爲，性只是逢場作戲，但動了眞情，就眞能危及家庭。

以我個人的瞭解，一般大衆對外遇多半採取相當寬容的態度，主要與過往男性公然可以有三妻四妾不無關係，這種因文化習俗產生的容忍，與社會的開放與進化無關，本地的容忍外遇，可以說是一種文化特質。而西方，特別是英、美，在傳統的清教徒觀念影響下，視婚外性關係爲「永遠不對之行爲」，也有其文化根源。

臺灣雖普遍容忍外遇，不會視外遇爲永遠不對之行爲，但外遇的當事者，卻忍受較西方外遇當事者更大的痛苦。西方因其開放，將婚外性關係看作是一時的出軌與找尋變化，由於夫妻對性與感情的要求不是那麼絕對，連帶影響對這種出軌不會看得太嚴重。但臺灣的兩性關係並不像西方那麼開放與自由，要求「擁有」對方、「屬於」對方仍是男女對愛情的重要認可，在這種情況下，外遇當然被視為背叛愛情與家庭，會造成極大的傷害。

這就解釋了上述的矛盾，即在臺灣，一般人普遍對外遇容忍與認可，對當事者反倒是很大的困擾與傷害。而在西方，既視外遇為「永遠不對之行為」，表面上看來應該會造成當事者更大的傷害，但卻是不然。我個人以為，原因即在上述對兩性關係的差異看法。也因而，雖然東、西方外遇的比率都很高，在西方，卻不至成為很大的社會問題，在臺灣，卻是婦女夢魘一樣的重大難題。

同是畢業於美國密蘇里大學的哲學博士鄭為元教授，現任教於國立臺灣大學社會系，對這問題提出一種有趣的說法。

鄭博士指出，法國人由於是個天主教國家，離婚較不容易，因而外遇問題普遍，離不了婚找個女友吧！法國人這樣想。在英美，情形則相反，離婚十分容易，不和的夫妻或夫妻間略有磨擦乾脆離婚吧！離婚再找個人在一起，簡單明瞭，或者，有了外遇後同元配離婚再和第三者在一起，即不叫外遇，無需偷偷摸摸，因而在美國，外遇不像在臺灣，是件社會大事，是每個女人的心頭夢魘。

鄭博士推論，臺灣的離婚率雖然有逐漸昇高的趨勢，但比起歐美，仍低許多，由於離婚不普遍，臺灣也和法國一樣，一當婚姻出現問題，要找尋出路，只好外遇去了。

鄭博士指出，過去婦女必需全然依賴與受制於丈夫，遇到惡夫，實在沒有任何解決辦法，最壞的作法就是把他殺掉。但隨著時代、觀念的改變，女性能自立，遇到惡夫，逃掉就是了，反正逃了擺脫他仍可活命。這就是爲什麼有一段時間臺灣常有「警告逃妻」的尋人啓事。俟社會再改變，則妻也不用逃，離婚就是了。這些，都反應出不同時代在婚姻中尋找出路的方式。在越開放的社會裏，選擇出路的方式越多，即無需殺夫——逃妻——外遇這些步驟，乾脆離婚就是。

我個人同意鄭博士的推斷，現階段臺灣外遇的盛行，主要與人們仍視離婚爲重大事件有關。當到有一天，人們普遍接受離婚的觀念，則一些不和的婚姻可能採離婚作解決方式，離婚再找適合對象，而不是卡在當中「外遇」去了。

## 外遇的壞處

不管是爲著對一份理想的愛的追求，或者因爲想玩玩以解悶，或者疏忽一不小心踏上這條不歸路，許多有外遇經驗的人，很快卽發現外遇對自己、對配偶、對家庭，造成極大的傷害，想要抽身，悔之已遲。往往是短暫一段時間的快樂，卻造成無窮的後患，以後一個大爛攤子要收拾。聰明的人在幻想要有外遇時，實在應該先考慮到後果，再決定要不要眞的去做，而我相信，答案是否定的。

外遇會造成什麼傷害呢？

### ㈠婚姻的危機

首先，外遇的當事者如果是女性，外遇的結果很可能是婚姻破裂。由於社會普遍流行的觀念影響，絕大多數的丈夫視戴綠帽子爲奇恥大辱。發現太太外遇，最開始也許礙於自尊與愛，一心一意想爭取回太太，只要太太回頭就好，但過了這個階段，不少丈夫會放棄，「覆水難收」是相當普遍的心態。或者有的丈夫爭取回太太，但常凌辱太太，用來發洩心頭的怒氣。妻子的外遇通常得付出極慘痛的代價，不像丈夫的外遇回頭還可以是「浪子回頭金不換」。

此外就算妻子外遇後順利的離婚，第三者肯娶一個離婚婦女嗎？通常也不容易。我看過不少例子，妻子在外遇中被騙財、騙色，最後落得兩頭空，離了婚，情人也遺棄她。

當事者如果是男性，的確多數太太不會很積極要離婚，但丈夫夾在兩個女人之間，婚姻生活不要說愉快，連平靜都難求，還何況其它的。特別是，隨着現代女性的自覺，一弄不好太太要求離婚也極有可能。

## (二)子女

從讀者來信中，我發現一些有外遇的丈夫，他們的父親也有外遇的經驗，這造成他們既鄙視外遇，又學習父親的外遇，形成自身巨大的衝突，感情生活處理得一團糟。此外，衆所皆知，外遇帶來的夫妻間吵鬧，對孩子的人格、心智，都有極不良的影響。第三者的孩子，更連完整的家都難求。不幸福的家庭容易造成問題兒童、青少年，成爲家庭、國家的負擔，這早是個不爭事實。

## ㈢個人心理

對當事者，外遇是件疲於奔命的事情，要瞞着丈夫（妻子），與第三者偸情，心理負擔極重，一當配偶知道外遇的事實，冷戰、大吵大鬧一定免不了。而且不光是夫妻間處在敵意與備戰下，介入的第三者也會隨時有進一步的要求，她（他）一定抱怨：你（妳）爲什麼沒有多一點時間陪我，爲什麼不離婚等等。對當事者而言，配偶與第三者，都是無底深淵，樣樣都填不滿。

至於第三者，寂寞，不甘心是長期的心理癥結，容易導至對人生有偏差的看法。只能躲在暗處、不容於社會的愛情，會在心理造成怎樣的傷害，不用說也可以明白。

## ㈣生理的透支

丈夫的外遇得應付兩個女人，在性方面會感到奔命，在時間上也很難應付，兩頭跑連休息的時間都很少，長久下來，自然會透支身體。可是你得到了什麼，很可能是兩個不滿足的女人。

## ㈤金錢、事業的干擾

維持一個外遇絕對需要額外的開銷，吃飯、喝咖啡、送禮物，到賓館樣樣都需要錢。第三者如果是別有所圖的風塵女郎，每個月的生活費，各種開銷，更不會是小數目。因爲收入入不敷出而至利用職權弄錢，最後，連工作都丟了。或拿大筆的資金替第三者置產，致事業週轉不靈，更時有所見。

妻子的外遇，受制於第三者，怕喧嚷出來破壞婚姻，有損名譽，只有任第三者敲詐，甚且被逼瞞着丈夫賣淫以供第三者揮霍，都是千眞萬確的實例。

## ㈥名譽的損壞

「男人有外遇，表示很行」，的確有不少人有這種看法，但只要一鬧成醜聞，不管是妻子或第三者鬧到主管處，登上報紙，對名譽上絕對有損。臺灣社會仍然是私底下男盜女娼，沒有任何麻煩，一經公開，則受到強烈道德指責。而有外遇的男人，你敢擔保太太不會鬧？第三者不會因愛轉恨，故意讓你難堪嗎？

如果介入的第三者是女性，與有婦之夫談戀愛，立刻被貫上的名稱是「狐狸精」，高尚一點不用此稱呼，叫「情婦」。一般戀愛女方可以表示不曾和對方「怎樣」，還有人相信。但情婦與有婦之夫沒有性關係，絕大多數人都不會相信。在臺灣的雙重價值標準下，許多男人娶太太還要求是處女，一當為人知道作過某某人的情婦，名譽受損，往後要找到好的歸宿，自然較不容易。

## (七)親長的責備

除非外遇眞是想生男孩傳宗接代，否則親長還是不願輕易認可外遇，有不少情形是配偶聯合親長來抵制當事者。至於介入的第三者更由於「作小」仍被認為不光彩，親長的指責更是難免。

## ㈧法律責任

有關外遇的法律問題，在第五章有專門章節討論。在臺灣，外遇是得坐牢的，絕對輕忽不得。

外遇既有這許多壞處，爲何還有人前仆後繼呢？理由當然因個人而異。最常見的，大都心存僥倖，想這些麻煩怎麼會落到我身上，我高竿得很呢！有許多人則根本沒考慮到利害得失，一頭栽進去，等到發現諸多麻煩，悔之已晚，動彈不得。另外有人因爲感情的迷戀，「明知山有虎，偏向虎山行」，爲情而越陷越深，不能自拔。

不管因爲任何原因陷入外遇的泥沼，儘快的想法解決，不要等到上述每一項外遇的壞處都在自己身上顯現，才悔之已晚！

# 外遇的正面意義

上述都是外遇明顯可見的壞處，外遇的好處呢？或者說，外遇究竟有沒有正面的意義呢？

依據統計，有外遇的法國男女，有百分之十四的男人認爲這種行爲妨礙夫妻生活，但兩倍的數字，也即是百分之二十八的男人認爲外遇對夫妻生活有益，而最令人驚訝的是，有外遇經驗的法國女人，幾乎有半數認爲外遇會改善夫妻關係。

的確，好的外遇可能像潤滑劑，使得已疲倦、厭煩、公式化的婚姻生活，因第三者的介入和外在的刺激，重新又回復生氣。有外遇的夫或妻，嘗試了一次奇妙的外遇經驗（當然是短暫的，已結束了的），重新回來體認夫妻間長期培養起來的感情的可貴，這自然是外遇的正面意義。

可是，我們不能不問，上述夫妻算是圓滿重新開始另一個階段的生活，但介入的第三者怎麼辦？難道因爲他（她）是介入者，就得被遺棄而得不到同情，死活不需要顧及？再者，眞有夫或妻任配偶有外遇，而不會被傷害，還好好等配偶享受完外遇回頭再開始婚姻生活，恐怕也並不容易。

在西方社會，上述的例子並不難見，也許在一個開放的社會，外遇不是生活中情感上的重大課題，因而外遇會有較多的正面意義。在現階段的臺灣，這類正面意義並不常見。

對此，藍采風博士提出進一步看法：

「外遇之後並非完全是負向的。它依外遇之原因及個人對元配之誠實程度及配偶間之婚姻關係而定。有名的婚姻治療家 Jame Framo 曾指出：「外遇很少是婚姻破裂之原因」，往往是在處理外遇問題的過程中，配偶牽出了一連串平日卽面對或潛伏之婚姻問題而導致破裂的婚姻。下列假設尚有待研究資料來實證：

「外遇→婚姻不滿→離婚」　或

「婚姻不滿→外遇→離婚」

藍博士上述假設，是因爲「外遇導致婚姻不滿導致離婚」，還是因爲「婚姻不滿導致外遇導致離婚」的因果關係，眞還得有待進一步資料證實。我個人同意Jame

Framo的看法，外遇並非婚姻破裂之原因，而處理過程是否適當，才是婚姻繼續維持或破裂的原因。因而，如果夫妻雙方能以外遇爲教訓，爲婚姻的警示燈，眞正誠懇的來處理與面對婚姻中的問題，謀求改進與解決，透過外遇，一個更美滿的婚姻應該是可以期待的。

然而可以肯定的是，不管要以外遇作婚姻的潤滑劑，或以外遇作婚姻的警示燈，都得夫妻雙方面有誠意願意繼續再在一起，而且也需要兩個人格健全的人，身心成熟，彼此獨立自主、能有擔待才可能成功。如果自知並沒有上述的條件，而妄想以外遇來調劑婚姻，或以外遇來警示配偶婚姻中出了問題，恐怕只有弄巧成拙，產生諸多問題，得到外遇的全部負面效果，而無一絲正面意義，那時候，後悔已遲。外遇，還是不要輕易嘗試的好。

## 爲何有外遇

在每篇談論外遇的文章中，總不乏有學者專家提出「爲何有外遇」的原因。綜合我收集的資料，整理學者專家的意見，以及我個人的接觸，外遇產生大概有下列幾大原因：

一、社會的

㈠社會上普遍流傳觀念。「成功的男人那個不是三妻四妾」、「妻妾多表示這個男人有能力、精力充沛」。「沒有多幾個女人，那裏襯托得出男人」。上述這些想法普遍流傳在我們的社會，因而，當一個男人自認為「成功」時，很容易朝這方面發展。

㈡男人的專利。對男女兩性長期以來的雙重價值取向：「男人浪子回頭金不換」、「女人一失足成千古恨」，使許多男性在各方縱容下認為外遇是男人的專利，「作了無傷，沒有作笨蛋」的想法，使很多男人輕易嘗試。

㈢男女接觸頻繁。因社會型態的改變，女人不再大門不出二門不邁，男女頻繁的接觸製造外遇的機會，日久生情絕對是可能的。

二、心理的

男人因社會教化的影響，一向被塑造、要求自己扮演強者的角色，在男女關係上，「弱者妳的名字是女人」對男人來說更是永恆不變的。加上男性在體力上強過女性，去征服、佔有女性，對許多男性是必然的天性。

征服、佔有，連帶著自然是要保護，保護可能包括「金屋藏嬌」，讓對方爲自己所有，也使其能生活無慮。

在愛情方面，男性普遍有著曾昭旭教授所謂的「博愛」，愛一個自然不夠，兩個、三個更好，再多也不嫌（只要體力、精力照顧得到），這種「博愛」造成「拈花惹草」、愛情不專一。不像女性，經常把專一的愛情視爲如同生命一般重要，因而，婦女有外遇的如果是爲尋求愛情，絕大多數要求離婚，而許多有外遇的男性，希望能腳踏兩條船。

## 三、婚姻的

### ㈠結合的心理動機不正常

比如未婚懷孕，必須奉兒女之命而勉強結婚；爲結婚而結婚；爲了找個伴；想找個人替代前任女友或男友；爲了對自己事業有幫助，和有錢的女人結婚……

### ㈡早婚

由於人格不成熟，不知道哪種對象適合自己；不懂得處理經濟、家族人際關係等問題；不了解婚姻的眞諦、夫妻之間無法調適。

㈢兩人的差異太大

學歷、經濟、人生觀、價值觀、成長過程以及現在的環境差異過大，夫妻之間難以感到是「結爲一體」。

㈣溝通不當

不少夫妻一開口只是彼此冷嘲熱諷，或者故意貶低對方，心存自誇，以爲自己樣樣都行，對方樣樣作不好。或過度自卑、消極，缺乏正面、稱讚式的溝通。

㈤夫妻間缺乏心靈溝通

缺乏共同的興趣，沒有兩人可以一起做的活動，可以分享彼此的感受心得，使得夫妻生活了無情趣，味同嚼蠟。

㈥自我價值感低落

有些男人外遇，潛意識裏存着盜壘、賭博的心理，想嘗試刺激、僥倖得到的滋味，來獲取滿足。

㈦性生活不和諧

夫妻一方對性生活特別不能履行義務，比如丈夫無能或長期在外，妻子視性為不潔，排斥性行為。從讀者來信中我發現一個有趣的實例，一個太太篤信佛教，初一、十五不能有性行為，一遇佛、菩薩生日，各大小佛會，都不能有性行為，丈夫抱怨加上妻子月經週期，一年只得十來天可以作愛。此外，真正只純粹以性為出發點的外遇，並不是那麼普遍，有這類偏好的男人，通常尋花問柳去了，不會願意負擔長期的外遇關係。

㈧婚姻生活缺乏變化，想尋求不同與刺激，想重新談個戀愛。

㈨為了報復配偶有外遇

妻子因丈夫的外遇受傷害，也如法泡製，但多數只是心裏有此念頭，眞正去行動並不普遍。因為妻子有外遇丈夫要報復，也沒有我們以為的普遍。這點雖然被視為外遇原因之一，但由我收到的讀者來信，以及接觸的個案，比例不高。

㈩中年外遇

中年外遇通常伴隨著「中年危機」。不少人到中年，事業略有成就，兒女成長，身體日漸走下坡，回顧過往，爲家、爲子女盡力，自己並沒眞正享受到什麼，與妻子之間的關係已是「老夫老妻」淡而無味。在中年這最後殘餘的青春裏，不少人會急於想抓住一點青春的尾巴，談最後一次「黃昏之戀」。或者是，想藉著再談一次戀愛，證明自己精力未減，依舊迷人，在這種狀況下，極容易有外遇。

藍采風博士亦提供社會學家 Dr. B. Bell 提出的八大外遇理由。首先，Dr. B. Bell 認爲外遇的原因並非由於個人與配偶在情緒上極不滿足或想去找其它的配偶，而因爲：

①求性關係之多變化。

②憧憬元配有外遇情形或對元配因某種事情懷恨在心而想以外遇來報復。

③是對一妻一夫制之社會規範的一種挑戰。

④他們在尋求情緒上之滿足。

⑤他們與元配以外的人有友好之關係而逐漸導致性關係。

⑥丈夫或妻子鼓勵外遇。

（例如：中國社會下若元配未能生育子女，常有以生育子女傳宗接代之原因

鼓勵男方接納小姨太或外遇；在美國則屬 Swinging 之情形）

⑦他們欲證明自己仍然是年輕有精力或迷人的。

⑧他們的外遇經驗完全是以淫慾爲旨。

此外，Edwards and Booth（1976）指出：

婚姻壓力（不滿）愈高且婚姻性行爲愈少較易造成外遇。

或者，往往也可能是因爲個人無法在元配身上找到愛情之寄托。其他，老夫少妻或少夫老妻之搭配下，外遇之發生也多是由於個人在試著彌補婚姻生活中無法滿足之地方（Glass and wright, 1977）。

藍采風博士又說：

其實外遇的原因很少是單一因素的，往往是幾個原因的綜合。例如：上述①加上地時人和的情況產生外遇。上述一些研究亦證實那些婚前性開放者，其婚後外遇之比率也愈高。外遇也可能在中年期產生，所謂的「中年人的危機」，個人想肯定自己的性能力及對女人的吸引力，而以外遇來做肯定這些自我認同危機（identity-crisis）之施測工具（sheehy, 1974）。

有些外遇是曇花一現，有些則是長期性之關係，或眞有與第三者發生戀情。

## 怎樣看出外遇的癥兆

要判斷配偶有外遇並不難，對一些夫妻，甚且不需要實際的證據，光從感覺上都可以知道對方有外遇。通常是一方覺得另一方「突然心神不寧，魂不守舍，人在家裏，心神恍恍惚惚不知跑到那裏」，或者「脾氣不好，動輒大罵，變得冷冷淡淡」。

然而，有些人特別會僞裝，或者，有些配偶感覺特別不敏銳，那就得靠一些癥兆來看對方是否有外遇。

㈠外表。通常，不管是丈夫或妻子，有了外遇，一定突然間對自己的容貌、身材、衣著注意起來，平常不用香水的先生，突然香噴噴的回家，從來是黃臉婆的太太，突然熱中減肥，買了許多新衣服。中年的丈夫或太太，突然故意裝扮較年輕的樣子，花格子襯衫、少女裝都穿上了。

㈡時間。藉口要工作得更晚，或突然間應酬多起來，常很晚回家，又提不出可信的理由，可能就是外遇的徵兆。或者，突然過份關心對方的作息表，對配偶何時作什麼，何時出差、何時加班、何時回家，打聽得一清二楚，很可能是要利用配偶正忙的時候同情人約會去了，或害怕約會時會不小心碰到配偶，只好先弄清楚對方的作息。

㈢電話。突然有奇特的電話，一接，對方不敢出聲，或立刻說：「打錯了」掛掉，聲音明顯的屬同一人。或者，配偶常躲起來打電話，一當有人進房來，神色不安立刻掛斷電話，很可能正在同情人通電話。或者，接到電話，看到配偶在場，神色有異匆匆講幾句立即掛斷，可能是情人打來的電話。

㈣性。在某些夫妻中，夫妻之間的性關係完全停止。在另一些個案中，做愛的頻率很可能相同，但徒具虛名而變了質，只有形式，而無內涵的感情。這種性關係可說是沒有愛情的、冷冰冰的、機械化的。（其他資料可參考第六章「醫療與性」。

㈤工作。丈夫可能突然開始表示辦公室有大量工作、出差頻繁。妻子可能常疏於家務，開始到市場、商店買現成的食物，因為她可能同男友約會而致沒有時間準備晚餐。

㈥性格。有些突然對配偶嚴厲、挑剔、或愛理不睬十分冷淡。有些變得積極、進取、自信，總之，與過往不一樣。

㈦活動。不管是丈夫或妻子，突然對以往沒興趣的活動，比如打球、慢跑、社區作義務性工作等等，開始有興趣起來。利用活動時間同情人約會，是最佳藉口。相信許多人都記得，報上所載丈夫清早帶狗散步，原來散步到「早妻」那裏去了。

㈧金錢。突然有較平常多的開銷，將薪水袋裏的特支、加薪暗中藏起來不交出來家用，或發現跟朋友借錢的借據。妻子可能緊縮菜錢，每天青菜蘿蔔，將錢拿來買大量新衣服。

㈨實證。當然，如襯衫領子有口紅，口袋中有兩張來路不明的電影票，被朋友看到同旁人在一起吃飯、散步，狀極親熱，這些，都可以是外遇的證明。

有上述的一兩項癥兆，並不表示配偶一定有外遇。不過如果產生某種固定的模式，一段時間皆有某些癥兆，而且三、四種以上的癥兆同時出現，就該對配偶注意了。

再強調一次，請千萬不要疑神疑鬼、庸人自擾，一個過度懷疑的太太，每天盤問先生的行踪、翻他的口袋、緊扣他的零用錢，最後先生受不了，眞的外遇去了。

如果僅只是懷疑，不妨巧妙的求證一下，千萬不要在未獲得確實證據前，即大吵大鬧。求證的方式，可小心核對他的日程表，如果他說要加班，找個理由，比如出來逛街買點東西，順便帶過來給他吃等等，到他的辦公室看看，是否眞的加班。

有些徵信社，收了配偶的錢要監視另一方，但又主動找另一方，告訴他（她）已被監視，並已掌握他（她）外遇的證據，看他（她）是否拿出錢來擺平這件事，否則即將資料告訴配偶。碰到這種徵信社，結果常常是夫妻雙方（甚至包括第三者），花了許多錢消災，而且弄到夫妻反目，彼此不再信任。

不管是利用徵信社求證外遇的事實，或想用徵信社來收集通姦證據，都得非常小心，以免破財還不能消災。

# 配偶外遇怎麼辦

確定配偶有外遇，怎麼辦？心理方面的問題我們下一章再談論，現在，我們先談外遇中如何由社會資源中尋找幫助。這個問題我請教了畢業於美國密西根大學社會工作研究所，現任教臺大社會系，有多年社會工作經驗的秦文力老師。

## 求助不可恥

在接觸到的外遇個案中，我發現一個極普遍的現象，那就是不管是妻子或丈夫，只要配偶有外遇，通常感到是一件值得羞恥的事。「人家知道了一定笑我，連個丈夫都抓不住，多沒面子。」許多太太這樣說。

外遇是目前社會極普遍的現象，不只是少數個人的問題，我們在前面已談過。因而確立一種健全的心態：外遇並非殺人放火，不一定是某一個人的錯誤或某一個人的失敗，而毋寧只是有時候兩個人搭配得不對，像一個瓶塞對一個瓶子，有時因氣候的變化，漲大了以至塞不進去，或縮小了以至太小，並非瓶子或瓶塞的過錯。特別是，這種現象如此普遍，更顯示出並非單獨的個人是個失敗者，而是整個社會共同有的問題。

再者，尋求幫助是一種可恥的行爲嗎？事實不然，許多社會工作者都同意，有決心想要克服困難的人才會尋求幫助，他們有勇氣提出自己的問題，十分値得嘉許，因爲這代表向上的一種希望，希望將來更光明，明天更美好。

沒有一個人是絕對的強人，一輩子都不會有問題，無需求助於人。我們既然承認自己是「人」，一定有人的缺點與弱點，一定會面臨困境，碰到困難時尋求幫助，不是很自然的行爲嗎？先知先覺的聖人如孔子，都還「不恥下問」，我們作爲一個凡人，求助於對問題有專門研究的人，謀求解決，何必感到求助可恥呢？

## 求助有用嗎

求助有用嗎？當然有用，如果你很幸運的碰到有經驗的社會工作者，他們的專業訓練，絕對有助於將問題看得更清楚。他們能幫你分析、考慮事情的多面性，當然，最後的選擇或決定你得自己作，但在探討問題的過程中，有人以專業態度提供幫助，絕對有用。

如果你的生活環境中不容易碰到這種人、這類機構，朋友會有幫助嗎？當然有，他們是旁觀者，所謂「旁觀者清」，他們以第三者、不介入的立場來看事情，通常會比你個人清楚、透徹，「當局者迷」，許多時候你身在其中眞會不清楚呢！

## 向什麼人求助

向專業機構、具專業訓練的人求助，詳細求助電話、住址可見本書第八章「請先不要自殺」。如果你居住的地方沒有這類機構，可找可信賴的長輩、親戚、朋友、老師，希望他們能提供你意見。但請注意，一定要找值得信賴的人，不要隨便同三姑六婆似的朋友訴苦，他們在無心之中可能將你的問題廣泛傳播，以至弄到四鄰皆知，不僅不能給你任何幫助，反倒增加一層來自社會的壓力。因此，避免無謂的訴苦或說氣話方式的發洩，找可信賴的人理性的面對問題，才是良策。

秦文力先生還特別提出，在偏遠地區，或親友都不在身邊時，可以向當地的教會尋求幫助。天主教的神父常接受告解，可以是很好的談論問題對象，基督教的牧師雖不作告解工作，但以他們對人的經驗、對神的信仰，可以扮演「旁觀者清」的第三者，給予建議並幫助你心情平靜。

當然，精神科醫師也是訴求的對象，但牽涉到收費、時間問題。心理醫師或心理系的學生，或婚姻諮詢者，都是求助的對象。

## 求助前的準備

如能對自身的問題有較清楚的認識，也能使求助更容易並得到更大的幫助。舉個例子來說，陳太太打電話給「馬偕協談中心」，在電話中只是哭，所能講的只是「我又沒作錯什麼，都是那狐狸精，把我的丈夫騙走了」這類的話，協談者很難從陳太太得到更進一步的資料，自然較難有效的給予幫助。

反觀林太太，她打電話給「馬偕協談中心」，她相當具體的說出婚姻狀況：「丈夫四十五歲，最近老抱怨年紀漸漸大了，事業上沒什麼了不起的成就，該盡的責任也已不多，小孩都養大了，可是不知道人生的樂趣在那裏」，這樣，協談者就可以瞭解，林先生的外遇，可能是中年人想證實自己的魅力，想在老之將至前再談一次「黃昏之戀」，對林太太自然較能給出中肯的建議。

將問題具體、清楚的表達，是求助前可以自己作的準備。另外，知道求助機構的性質，也可以有助於得到適當的幫助。比如，打電話給「生命線」，感覺得不到想要的幫助，那麼可以問：「對我這類的問題，是否有別的地方特別處理這類問題，我可以前往尋求幫助？」

同時一定要有心理準備。「外遇」問題不是感冒，到醫院給醫生看看、打針、吃藥，一個星期就好了。外遇牽涉到最複雜的感情、婚姻種種人際關係，就是有專家作專門輔導，恐怕也需要長期的會談與嘗試才能有一點最輕微的改善。想藉著一次電話、或通一次信，即要求像吃了萬靈丹一樣，立即解決所有的問題，那是絕對不可能的。因而，有耐心的接受可能有效的意見，長時期自己嘗試改善，才是正確的尋求幫助的態度與方式。

## 就業問題

對許多丈夫有外遇的妻子，經濟危機是她們極大的困擾。丈夫同外遇的第三者同居，就此不再拿生活費回家，一向不曾在外面工作的妻子，只能作點家庭手工，一個月賺幾千塊，家用都不夠，孩子的教育費更無著落，這時候怎麼辦呢？

關於如何採用法律行動來要求丈夫負起養育責任，在本書第五章的法律部份，有詳細的討論，在此不再重覆。如果採取法律行動，仍得不到應有的保障，或者不願採取法律行動，但生活仍得過下去，怎麼辦呢？

秦文力先生建議，先向親戚尋求必要的幫助與要求負責，比如，丈夫不拿生活費回家，交涉無效，可以將此情形讓公婆知道，要求他們出來主持公道。在我接觸到的不少實例中，公婆如感到媳婦無過失，通常不會坐視媳婦同孫子面臨絕境，但如果原就對媳婦不滿，幫助可能就不大。無論如何，向丈夫的親長求助，讓他們明白現狀，一定值得嘗試。

至於向娘家求助，娘家如有能力、而且願意，當然很好，但「嫁出去的女兒潑出去的水」恐怕還是相當普遍的想法，有時較難得到有效的幫助。

不管是求助於公婆（或丈夫的親長），或自己的父母、兄弟、朋友，我以爲很重要的，不能讓對方感到妳一輩子吃、穿就要全靠他們，再有心的公婆、父母、兄弟，都不可能跟著妳、以及妳的子女一輩子。我們的建議是，當一開始，親友對妳還懷著同情心，願意在金錢上支助妳時，好好利用這個時機，趁生活暫時還不會產生問題，趕快到職業訓練所，接受短期的職業訓練，希望能學得一技之長，好面對未來更長遠的生活，才能無需一輩子依賴旁人。「救急容易救窮難」這樣的道理相信大家都懂得。

參加職訓，以過去有的工作基礎，或者有興趣的工作為主，較容易達到事半工倍的效果。如果不是很困難學習的工作，看就業市場的需要再作選擇，也是合理的考慮。

整體來說，我們很讚同婦女在面臨「外遇」問題的困擾時，在過了最初手足無措的痛苦階段後，能找到工作並開始工作。工作是很好的寄託，它可以使妳無需整天呆在家裏，越想越鑽牛角尖，情緒得不到適當的發洩。工作也是很好的排遣，讓妳因投入工作暫時忘掉不快的現實。此外，工作帶來的收入，更可以解決最基本的生活問題。使自己經濟獨立，連帶著也影響到整個人生觀、對事情的看法，我們非常希望婦女藉著工作，重新調整自己、建立自身的信心，越早一天達到此，就越早一天能擺脫外遇中受到的折磨與痛苦。

這個階段選擇的工作，待遇不是最終的目標，工作的安全性很需要考慮，儘量選擇危險性低的工作，避免因「外遇」的打擊情緒尚不是很穩定、不能好好集中精神的狀況下，因工作而出任何危險。

瞭解工作可能帶來的好處，再回頭看前面提到的職訓。我們會特別強調職訓，主要在婦女婚前雖可能有工作經驗，婚後長年的不工作，不僅與就業市場脫節，在心態上也因爲長期依賴丈夫，對外面的世界感到畏懼，不容易有足夠的信心立卽去面對。這個時候職業訓練可以提供一個緩衝時間，一個過渡階段，讓自己慢慢的習慣、接觸除了家以外的世界，重新調整脚步。

職業訓練的另個好處是可能幫助妳找到較好的工作。當然，找工作仍可依賴親友的幫助。比較起長期以金錢支持妳，或者幫妳找個工作讓妳經濟能獨立，我相信親友們會很樂意的選擇後者。一當妳將自己準備妥當，不要害怕或不好意思，儘管要親友幫妳找工作。

如果沒有親友的任何幫忙，這時候，可以試試政府設立的就業輔導機構，或社會服務性機構，將妳的困難說出來，請記住，尋求幫助一點都不可恥，可恥的是那些自己不願站起來、只會依賴旁人的人。

最惡劣的狀況可能是：丈夫外遇後不願負養育責任，又無親友願意幫助，沒有工作立即就活不下去，這時候，談什麼職業訓練，只是空談。得立即找個工作維生，那麼，只有找什麼做什麼，慢慢再試著換合適的工作。

## 犧牲不一定是美德

有些被遺棄的婦女在生活的重壓下走向賣春一途，爲著不是眞正維持不了基本生活，而是希望能給小孩「較好」的生活。

這種爲小孩所作的犧牲表面上看起來很偉大，事實上值得嗎？必要嗎？當然答案是否定的。首先，有些婦女很容易以小孩作爲藉口，來作自甘墮落的擋箭牌，並可以堂皇的表示：我是爲孩子犧牲，我不該被責備。這種「犧牲」，自然毫無價值。

如果不是爲自甘墮落找藉口，眞正是爲了生活逼迫下要爲孩子犧牲，有這種必要嗎？答案仍是否定的。怎樣的生活才是「較好」的生活？實在很難下定義，一個月八千塊可以生活，八萬、八十萬也一樣在生活。母親只要盡到養育與教育責任，並沒有義務得給孩子一個「較好」的生活。

中國婦女延續傳統觀念，普遍的存有「犧牲即是美德」的想法，因而，父親經商失敗，大姊下海作舞女、妓女，爲著讓小弟讀大學，事實上，小弟可以不必讀大學，他爲什麼不能和別的小孩一樣，國中畢業到工廠作技工？如果他眞正能奮發向上，他可以靠自己的能力繼續讀書，或發展一番事業，否則，他也可以作工人過一輩子。

每個人都有自己的一輩子要活，要大姊犧牲自己一生的幸福、做人的尊嚴，爲著給弟弟「錦上添花」式的讀大學，這種犧牲不僅不偉大，還毫無意義。同樣的，母親去賣春，爲著讓孩子有「較好」的生活，更是毫無意義。

因丈夫的外遇被遺棄，並非表示丈夫即永遠不再回頭，可是如果婦女走上賣春這樣的途徑，則註定丈夫回頭一定很難。爲了孩子不一定得需要的所謂「更好」的生活，使一個家庭永遠不可能再復合，使孩子活在破碎家庭的陰影中，這種犧牲，恐怕不僅不是美德，還是極愚笨的作法。

我希望婦女們能更理性的來看犧牲，而不要人云亦云的相信「犧牲即美德」。

## 自助團體

有婦女朋友在給我的來信中，提到希望能和同樣受「外遇」傷害的婦女作朋友，可以彼此傾吐不幸、謀求改進。

由於臺灣社會服務性的機構太少，許多偏遠地方，不要說什麼協談中心，連生命線的電話都沒有，婦女很難找到適當的求助對象。或者，雖然在大都市裏，感到光從電話中較難得到安慰，希望能有較多的諮詢接觸，能有人能談談、排遣情緒。

我原先想鼓勵婦女在自己的社區成立「婦女成長團體」這類似的機構，讓有問題的婦女聚在一起，共同作些有益身心的活動，討論彼此的困難與問題所在。

秦文力先生同意構想不錯，但作起來得小心謹愼，以免反而有副作用。秦先生舉一個例子，失業者常喜歡找同樣找不到工作的人傾訴，而不會和已有工作者或找到工作者作朋友。如此一來，他們彼此交換的只有失敗的經驗、壞消息，感嘆工作難找，而不能積極的尋求工作機會，很快找到工作。

秦先生擔心是：如果只是一羣先生有外遇的太太聚在一起，恐怕容易使婦女看到的都是不幸的人，交換的都是不幸的、痛苦的經驗，反倒使婦女的情緒受到影響，難有正面的意義。如要成立這種「自助團體」，最好能包容各類婦女，也需要有家庭生活美滿的婦女在其中，她們快樂的婚姻與生活經驗，可以使整個團體有生氣、有正面、積極的價值與作用。

秦先生建議，成立這種「自助團體」，一開始最好有專業者在旁指導，如婦女想在自己的鄰居、朋友間，在社區裏成立「自助團體」——像「婦女成長團體」、「離婚俱樂部」、「外遇俱樂部」，可同一些社會服務性機構聯絡看看，他們是否可以派人到妳們的團體作輔導，先幫助大家建立起一些規則、有一些基礎的資料、知識與方向，比較不容易出錯。

要找這類輔導的人如找不到專人負責，我建議婦女不妨採邀請演講的方式，給適當的車馬費，邀請學者專家、社會工作者前往演講，一系列演講安排下來，婦女對如何成立一個「自助團體」，會有些基礎的概念。在成立的過程中，也可以用演講的方式，找人來看看妳們作得如何呢！

這種「自助團體」由於有組織、有團體，較容易有向心力，不會像個人去練韻律操、學插花等等，容易半途而廢。而且「人多好辦事」，如有二、三十人的基本人數，邀請人來演講、辦活動，就容易多了。安排的活動除了演講、談論彼此間的問題外，其它諸如一起參加文教活動、關懷社會、一起閱讀些好書等等，既可充實生活，不致因丈夫的外遇而感到時間不知如何排遣，心慌意亂情緒不知如何處理，更可以由團體裏一些婚姻生活美滿的太太處，學到一些美滿婚姻之道，這些，都是「自助團體」可以有的好處。

## 同丈夫一起來

傳統的婚姻諮詢工作，認爲婚姻失敗，因爲個人的人格有缺陷，改善這些缺陷，婚姻自然能成功。比如說，林太太因爲個性不成熟，愛使小性子，什麼事都不能自己作決定要依賴先生，婚姻諮詢者卽嘗試改進林太太這類缺點，以挽救婚姻危機。最近的諮詢觀念，則認爲婚姻是丈夫、妻子兩個人的事，就像齒輪一樣，如果相互配合得好，則轉動順利，如果配合不好，並不一定是某方面出差錯，而是搭配上出問題，得雙方相互協調，重新找配合之道。

許多丈夫有外遇的妻子，常要求社會工作者或婚姻諮詢者「請你同我丈夫談談，他這樣作實在太過份了」，或者是「你替我去教訓教訓那個不要臉的女孩，她難道不知道跟有婦之夫在一起犯法嗎？」

這類要求表面上看來是希望諮詢者作個溝通者，但事實上，很多婦女是不自覺的在推責任，她們說的實際意義是：「我每天在家燒飯、洗衣、照顧小孩，我根本沒有錯，他居然有外遇，太不應該了，你要幫我討回公道。」

確實的面對問題而不是將過錯推給對方，我相信是許多婦女該作的第一步。當然，婚姻諮詢者爲瞭解實際問題所在，如有需要會要求丈夫一起出面談談，（絕非只要替太太教訓先生），作太太的最好能配合，依專家的建議或指示回家勸導丈夫一起來看諮詢者，一定有助於找到外遇的癥結所在，再想法謀求改進。

# 第四章　心　理

# 愛情三階段

在臺灣大學拿得臨床心理學博士，現任教於臺大心理系的余德慧博士，也是張老師月刊的總編輯，他對外遇有深入的研究，以下是余博士就心理發展過程來談外遇。

余博士認爲，基本上有兩種外遇形式，一種是「高格調的外遇」，另一種是「低格調的外遇」，所謂「低格調的外遇」，是指找舞女、酒女同居，以性的吸引或錢爲主的外遇，「高格調的外遇」則是指懂得感情的品質，外遇有其意義而並非逢場作戲。

由於現階段引起家庭困擾的，大都是余德慧博士所謂的「高格調外遇」，因而，我請余博士著重談高格調外遇。

余博士指出，人的感情發展線，在十三、四歲時，屬探索期，這時的小女孩、小夥子，會爲異性身體的變化所吸引，回家開始產生幻想，這初期的愛稱作探索性的愛，性不是重要的目的，幻想與心靈的感覺才是中心。隨著逐漸成長，這種細緻的感觸的愛情開端，將進到另一個階段，並一定會產生變化，早期探索性的羅曼蒂克的愛，會進入第二個時期的夫妻愛，有了實質上的差異，因爲夫妻性生活、生活的實質事件、財產的處理、子女的教育等等問題都將面臨。這個時期除了彼此與趣相投、相互允諾延續早期浪漫的感情外，還加上強制性的責任，也就是前述財產處理、養育子女的角色行爲等等。在這個階段，奶瓶、奶粉，現實生活的壓力，誰半夜起來抱孩子等等，都會使得夫妻間的愛走下坡，不像早期的浪漫愛那般濃烈，可是渡過這個階段，等孩子稍大、責任較輕，會達到浪漫愛與責任愛的整合。從浪漫愛——責任愛——整合的愛，是建全的夫妻關係必經之路。

這三個階段的愛量，也會有所不同，以下，余博士用一個「愛的量表」表示三個階段愛量的改變。

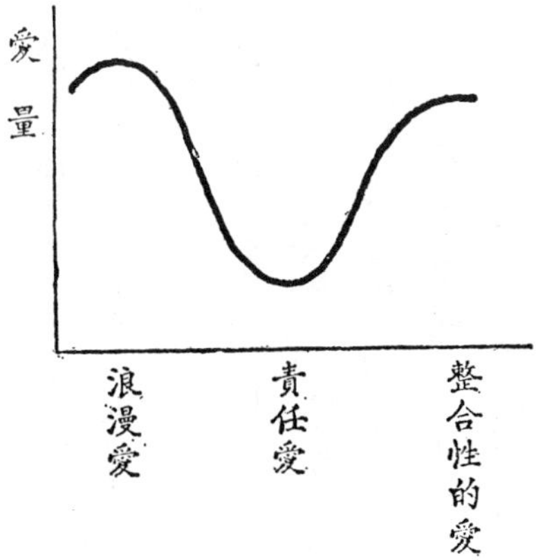


由曲線可看出愛量的下降與回昇。這是愛情必經之路，也是一種事實，可是許多人並不瞭解。如能瞭解這個事實，將有助於在責任愛階段，當愛情開始走下坡時，小心防患未然。

婚姻的危機，所謂外遇的出現，自然不是在愛情濃烈的浪漫時期，而出現在責任愛階段。這個時候夫或妻厭煩婚姻中的責任，愛量下降，過往的海誓山盟不再有實際意義，會想要再嘗試浪漫愛。

## 這眞是我要的嗎

一開始，通常不是有意要外遇，可能只是忍不住的幻想，表現在行動上會用殷勤、親切、地位來吸引對方，也並不是眞要有性愛關係，只是會有種新的感覺，好像整個人又清新、鮮活起來。

並不見得每個人會將心裏的幻想實際付諸行動，這時候應該問自己「這眞是我要的嗎？我眞想這樣作嗎？」有人由於對人對婚姻的許諾，對自己道德評價的約束，會有一段掙扎時期，最後放棄進一步的實際行動。有人則可能體會到只是暫時性的熱情，一當熱情消退，自然不會有再進一步的發展。

這個幻想階段，事實上，是希望能有與婚姻生活的「責任愛」不一樣的另一種品質的愛——浪漫愛的再生。

## 夢中情人

眞正進入外遇的第二個階段，恐怕還得靠「近水樓臺」，因爲日常的長期接觸，慢慢熟悉，適應新的感覺，不僅是初期幻想似的迷戀，還開始尋找與自己的認同。

發現她（他）是「自己遺失的另一根肋骨」，是「夢中相伴走人生路程」的人，而太太（丈夫）因長期婚姻生活的磨擦，不曾跟著一起進步，早已被遠遠的留在身後。第三者所具有的才能、特性，正是事業、生活所需，比如經理的秘書，是朝向成功路上走時的得力助手，兩人在一起，同心協力使美夢成眞。

這種外遇經過幻想——選擇（考慮）——整合性的愛，本身感情相當成熟，第三者在人生的追求、美夢成眞中扮演相携相伴的角色，可以說是一種高品質的愛。可是並非所有的外遇皆如此，有的外遇只停留在作爲性伴侶，或男方給女方置產、給生活費，這卽是低品質的外遇。

## 如何開始

最始初雙方都在猜測，他們因爲經常有面對面一起工作的機會，可以花很多時間談話，交換工作的經驗，接下來會談到個人的體認、感覺。由於沒有同牀，兩人間沒有太多罪惡感，也沒有什麼阻抗，雙方在一起又都有名正言順的理由，聚會的地方也很公開，比如餐廳、辦公室、一起搭車，兩人感覺興奮而曖昧。

然後，總會有一些較特殊的機會，比如第三者受到挫折，男方給予安慰；或工作上結伴旅行，風光美麗，遠離煩人的家、小孩，恍若又回到浪漫的時期，於是，相互傾訴愛意、擁抱等等順理成章的發生。

余德慧博士分析，這個階段，雙方的角色扮演，可能有下列兩種情形㈠有一方扮演暫時性的弱者（像前述第三者遇到挫折），㈡扮演合作者（比如事業上的伙伴）。

這時候的感情混雜著興奮、焦慮、擔憂、道德約束，因而可能一下積極，一下又拒絕，可是兩人開始感到某種身不由己的感覺，愛是唯一被注意到的，現實的問題暫時被擱到一旁。接下來由於男人較衝動，在適當的場所、環境下，雙方突破最後的防線，有了第一次性行爲。

## 外遇發展型態

一當突破最後一道防線，雙方卽開始認定彼此，並期待再進一步愛情滋長。但也並非所有的外遇皆如此，有的事後感到沮喪，比如有個妻子與外遇第三者發生性關係後，開始哭並呼喚丈夫的名字，這種外遇，當然可能中止在第一次性關係後。

但大多數的人都發現，第一次性關係新奇、淸新、美好、新鮮。接下來，根據 Morton 著的「當代美國外遇戀情」一書中，將外遇分爲下列四種類型。（此段資料取材自張老師月刊）

㈠到此爲止型。只保持輕度的感情，因爲發現對方並非眞正夢中情人，只是能激發某種感情，長久相處甚且感到第三者沒有元配好。他（她）常會向第三者說：

我們只是暫時在一起，我還是以家庭爲重。這種外遇作爲婚姻的「止痛劑」而非「根本治療劑」，專家們認爲對婚姻有正向的效果，還對挽救婚姻有幫助。

㈡相愛但不離婚型

當事者承認愛著對方，但卻放不下太太與婚姻，他（她）們會說：「我不是那種放得下家庭、孩子的人，但我愛妳（你）」。這類外遇感情用來補足婚姻的不足，很可能不夠強烈，或因爲世俗的原因，不可能離婚來與第三者結婚。這是我們目前常見的外遇形態。

㈢追求幻想型

當事者對現有的婚姻感到不滿，也明知外遇的對象不適合自己，但卻想利用外遇，來作爲跨出原有婚姻的第一步，因爲不如此作，也許沒有勇氣離棄原有的婚姻。這種情形，在目前臺灣的外遇，比較不普遍。

㈣自我實現型

當事者感到自己嫁錯人或娶錯了人，他們也試圖挽救婚姻，卻發現不可能，他們刻意追求「夢中情人」，追求到了，就全心全意的投入，並爲將來的婚姻作準備。但想要離棄原來的婚姻，卻發現困難也不少，畢竟婚姻生活中的各種牽絆，仍是很大的阻力。

## 爭執開始

外遇的關係持續下去，一當太太知道，爭吵、冷戰大都免不了。而與第三者相處一久，也開始感到負擔，最始初第三者可能表示只要愛情，其他都不要，但隨著關係越來越深，第三者會抱怨陪她的時間不多，她不能公開露面，她爲什麼沒有一個家等等，這時候，處在兩個女人之間，許多男人不知如何是好，多半拖拖拉拉，雙方都給予許諾，可是都無法實現諾言。

更重要的是，當事者會發現，外遇的新鮮、激情乃至感情的滋長，會隨著時間逐漸歸於平淡，浪漫愛開始消失，進入與自身婚姻相似的情況。男女雙方重新開始面對問題，他們問的不是純粹「我們要不要結婚」，而是「我們這樣好不好」。原來高格調的戀愛追求的是較婚姻更好的情愛，現在會發現，與外遇的關係只是「重覆」而不是「更好」。這時候怎麼辦呢？

余德慧博士建議一走了之不是辦法，冷淡也不是高招，最好是給第三者製造較多的機會，由工作、社交讓她（他）逐漸將注意轉移到旁人身上，增加她與旁人好好結婚的慾望。有時候因配偶的介入，到第三者處大吵一架，或告到法院，也會結束這種關係。

## 關係結束

余博士指出，外遇通常以下列三種方式結束。

㈠與配偶離婚，同外遇結婚。

㈡離開外遇，與配偶重新開始。

㈢離了婚，也不會與外遇結婚。

第一種情形顯然是外遇的新歡戰勝了原配，因爲新歡提供更美好的遠景，或者眞是「夢中情人」，如加上元配不賢，會更加速婚姻的破裂。對第三者來說，他雖贏得勝利，但要扮演的角色也不輕易，如果對方已有小孩，與孩子的相處，孩子原來的祖父母、親戚關係，都需要適應。

第二種情形第三者只好悵然離去，可能過了適婚年齡難再找對象，或者，失去再開始浪漫愛的熱望。至於對當事者，總是老夫老妻，復合不難，家還是家，孩子還是孩子。

第三種情形則當事者回復單身，應該可以再有新的開始。可是第三者與元配，卻得落單，重新適應。

## 可怕的僵局

事實上，以臺灣目前的外遇來說，達成上述三項結局的任何一項的並不是十分多，有許多外遇的情形，是僵在當中，丈夫在妻子與第三者間藕斷絲連，形成一個解不開的結，一個僵局。

余博士指出，在這個僵局裏，妻子經過吵鬧或表示溫柔原諒，丈夫如無意離婚，可能懷著「妳要我幾點回家就回家，我也不承認是否還繼續同外遇在一起」的冷戰狀況，而太太長久以來的猜疑，一當先生遲歸，便四處打電話吵鬧。至於第三者，則結婚無望，三人成拉鋸戰的僵持在那裏。

## 外遇的階段

### 推力與吸力

對上述所說的三人僵持不下的僵局。現任教於東海大學社會系，也長年在臺中生命線工作的簡春安教授，有極獨到的看法。

簡教授不僅對外遇個案有實際輔導的寶貴經驗，他對外遇的理論，也是臺灣研究此問題必讀的資料。簡春安教授於七四年在「中華心理衞生學刊」發表的「外遇問題的階段分析及處理策略」裏，對這個僵局問題，有下列意見：

首先，簡春安教授將外遇的原因，用「推與吸」來解釋。推力指元配的不良因素，而吸力指第三者的優良條件。因而外遇的形成，等於是元配推著丈夫（妻子）向第三者，而第三者也藉著本身的吸力，將丈夫（妻子）吸向自己。

如此，元配如要贏回丈夫（妻子），最好的方式是將推力轉爲吸力，比如學習如何打扮、學做好菜、多溝通、改變性愛方式，總之，將丈夫（妻子）對自己不滿的地方，加以改善。除此外，也要減少元配的推力：比如不要天天哭、鬧、上吊，不要天天疑神疑鬼、興師問罪。這樣，至少不會將丈夫（妻子）越往第三者那邊推。

至於對第三者的吸力，如何處理呢？簡教授建議，要將第三者的吸力轉爲推力，也就是說，不要答應離婚，使第三者無法順利結婚。則第三者一定會責怪、不滿，原來有的吸引力，這時會化成推力。另一個方式是，抵消第三者的吸力，也就是說，元配如能學習第三者的優點，並增加自己的條件，則可以抵消第三者的誘惑力。

上述有關「推力與吸力」的分析，將元配與第三者的利害關係作了清楚的詮釋。讀者若能掌握當中的推、吸關係，將推力消除，增加吸力，要想挽回對方的心，會較有成功的機會。

## 外遇的階段分析及處理策略

接下來，簡春安教授將外遇分為五個階段，並詳細分析與提供如何處理的意見，這份資料雖然是給社會工作人員看的資料，但由於臺灣地區的輔導機構實在太少，因而我將簡春安教授的意見，整段抄錄於後，讀者可以從中找到如何處理外遇的策略，或至少避免作出一些愚蠢的行動，以免使問題愈嚴重不可收拾。

簡春安教授以為「外遇問題的處理，隨個案的性質及衝突的嚴重性有所不同。處理的方式亦可能隨著輔導者個人的特長與偏好有所差異。基於外遇問題的動力分析，本文依外遇問題的程度，把外遇問題歸類為五階段，再依每階段的特質，草擬輔導策略。如下面所示：

外遇問題的階段分析

1. 醞釀期：企圖有外遇，或對外遇躍躍欲試，但尚未進行。
2. 試探期：初步進行，惟忐忑不安尚未被元配發現。
3. 衝突期：配偶已發現，產生劇烈衝突。
4. 無奈期：衝突平緩，但外遇關係不能了斷雙方冷戰，或無可奈何。
5. 狠心期：拋棄元配，決意與第三者結合。

## 1. 醞釀期

特質：外遇者在心理上認為外遇是光榮的事，願意去試，並期待外遇眞能發生，但行為上尚未開始行動。

現象：(1)言談中美慕別人有外遇，並充滿著對外遇的期待與幻想。
(2)偶有試探性口吻，問元配可否准其外遇。
(3)人在家中，心思朝外，極不安定。對元配無興趣，不注意元配的感受與生活細節。

輔導策略：

對欲有外遇者：

⑴告知外遇的不良後果及所需付之代價。

⑵減低不良朋友（已有外遇者）與他之溝通及影響力。

對元配：

⑴告知婚姻需無時無刻妥善的照顧，不可大意。

⑵建議夫妻多增加溝通的時間，重視配偶內心的需要與感受。

⑶與該夫妻做個別的吸力與推力的分析。

## 2. 試探期

特質：已開始進行外遇行爲，心理忐忑不安，惟尚未被元配發現。

現象：⑴情緒不定，忽而大獻殷勤，忽而暴躁不安，忽而亂發脾氣。

⑵行踪慢慢不正常。

⑶常有奇怪電話，語調恐慌，不報姓名，不出聲。

(4)喜出差，常有藉口外出，應酬多而說不明白。

(5)漸注意打扮，並有些過份。

輔導策略：

對來求助的外遇者：

(1)告知外遇的不良後果及需付之代價。

(2)指出愛的定義。謂與第三者的往來只是害她而不是愛她。破壞外遇者之外遇行爲的美感。

(3)解釋元配在此階段中的行爲，使其不受誤解或排斥。

對第三者：

(1)破壞她（他）對愛所定義的美感。

(2)指出她（他）未來需付出之代價。

對元配：夫妻之間平日應有非口語行爲的觀察力。

## 3. 衝突期：

特質：外遇行爲已被發現，家中爭執不休。

現象：(1)配偶強烈的情緒反應、憤怒、歸罪別人，或自怨自艾。

(2)配偶慣用一哭二鬧三上吊之法。

(3)配偶疑心，擔心外遇者會變本加厲。

輔導策略：

對元配：

(1)強調推吸原理，幫助元配理智處理事情。

(2)告知哭鬧、疑心、質詢的方法可能引起的副作用。

(3)幫助元配了解自己的特長，以增加自己的吸力。

(4)幫助元配了解自己有無不自覺的「推力」。

(5)告知元配不可報復，而自己也去尋求外遇。不僅事情無法解決，而且喪失自己的控制權。

對外遇者及第三者：

(1)告知麻煩只剛來，未來的爭執與衝突勢必更多。

(2)研究兩者之關係是在何種基礎上，若能醒悟則需儘速。

(3)告知避免使用武力解決衝突。

### 4. 無奈期：

特質：外遇者行爲依舊，甚或變本加厲。對元配依然有程度不同的來訪，試圖說服元配，使其能享齊人之福。

現象：(1)外遇者要求納妾。

(2)外遇者與第三者已懷孕生下小孩，外遇者不能回頭。

(3)元配方法用盡，配偶行爲依舊。

輔導策略：

(1)要元配不可放棄婚姻，立場堅定，使配偶與第三者不能結合，時間日久，可把情敵的吸引力變爲推力。

(2)要元配決心敵意，可以法律行動（抓姦）威脅他們的親密關係。

(3)試圖在經濟上充實自己，或要求生活費，或準備自己就業。

(4)要其注意民法親屬篇中有關小孩撫養及財產歸屬的種種條例。

(5)隨時注意推吸關係。

## 5. 狠心期：

特質：外遇者決心投入第三者懷抱、不回家、不顧家。

現象：1. 要求離婚。

2. 棄家不管，經濟上亦不支持。

3. 揚棄、否認以前與元配之間之所有親密關係。

輔導策略：

1. 經濟上謀求解決方法，以便自立自養。或要求贍養費，或覓職。視情況而定。

2. 把受害減至最低限度，不使之影響自己的工作、身體、和與小孩子之間之關係。

3. 教導元配寬恕、原諒配偶及第三者，或以認命之態度來看人生。

4. 建立新的人生觀，參與宗教及社團，轉換生活內容。

5. 離婚手續要齊全，尤其有關贍養費，及小孩之扶養權或探訪權等應在協議書上列清楚。

6. 若分手，則千萬不要在小孩子面前說對方的閒話，否則對小孩之成長影響甚大。

外遇的階段並非一定從第一階段開始，也不一定在每一階段有相同的時間。隨個案的性質，在某些階段可能不顯著，也因着個案的背景與狀況，每個階段的現象與輔導策略必有所差異。本文只提供大略的原則，初步的方法。

## 你究竟要什麼

在面臨配偶有外遇，除了可參考使用前面簡春安教授的「推力與吸力」理論外，余德慧博士和我，都一致深刻的感覺到外遇受害者一定得學習自己從困境中站起來，才是最有效的解決問題之道。

余德慧博士以爲，知道配偶有外遇時，哭鬧的確是很笨的作法，但由於人的天性使然，有時候雖知道哭鬧無用，仍會這樣發生。因而最重要的是要能儘快自覺，知道哭鬧完全無濟於事，要另謀對策。

外遇中最大的難題，是我們前面講的困境，在這當中丈夫不願也不知道如何表明態度，希望魚與熊掌兼得。太太軟硬兼施，使盡各種辦法，仍不能使丈夫回頭。第三者則哀怨傷心，情人也不願離婚與她結婚。於是三個人僵在那裏、動彈不得，三人都感到痛苦萬分。

這種僵局，余博士稱作「Lock in」即鎖在一起的意思。產生這種困境僵局，余博士以爲與中國人的傳統有關。中國人處事待人習慣於拐彎抹角，凡事繞道而行，這是中國人運作人際關係的方式，表現在傳統的婚姻模式上，便很容易陷入這種「Lock in」的形式，不知如何解決也不願解決，反正拖下去再說。

這種拖拉的關係，受害最大的當然是妻子與第三者，妻子一開始可能想：忍一陣他就回頭了，可是一忍五、六年，甚至十年，丈夫毫無回頭的誠意，而拖了這許多年，從三十幾歲拖到四十歲，這時候想離婚再找人結婚，已相當困難，只好維持現狀，但不免每天擔心、不甘心、傷心，沒一天好日子過。至於第三者，少掉婚姻的保障，拖下去年華老大，萬一「人老珠黃」被遺棄，更不是辦法。

丈夫從中獲益嗎？那也不見得，很多有外遇的丈夫任這種三角關係拖下去，並非所願，通常是不知道該如何善後與處理。

一當陷入這種僵局，余德慧博士希望牽涉入外遇事件的當事者能很誠懇的問自己：往後的十、二十年，自己要的究竟是什麼？外遇的丈夫（妻子）該問自己，那個介入的第三者，是否眞是我所要的，如果是，我願意作什麼？如果不是，我該怎麼作？而受害的元配也應該問自己：這個有了外遇的丈夫（妻子），是否眞是我所要的，非跟他（她）不可？介入的第三者更該考慮：我眞想與這個男人（女人）結婚，成爲他孩子的繼母，一輩子同在一起嗎？

確定了「自己究竟要什麼」，就可以有個大致的方向，也比較不會感到茫然、毫無頭緒。同時心理能有準備，「要什麼」一定有得有失。比如妻子在丈夫有外遇後，明白的看出對自己有利的是離婚，但她又放不下這個、那個，考慮到離了婚就不是某某夫人，就沒有錢，失去社會地位等等。事實上，勇於割捨是成熟的人該負起的一種承擔，上述的妻子應該瞭解到，自己人生的價值與意義在自身，不會因爲不再是某某夫人卽下降，不要讓自尊建立在旁人爲你得到的事務上，而該離婚開創自己的人生。

余博士強調，這種「Lock in」的情形，如果持續三～五年沒有變化，則表示三個人間的關係已停滯不再成長，如果不主動處理，事情不會有轉機，會繼續再拖下去，最遲十年左右，也許會有一個結果。

余博士鼓勵丈夫有外遇的太太，不要老被動的被丈夫、第三者決定，而能主動的決定自己的將來與命運。女人並非只能將整個人的喜怒哀樂、命運全依賴在丈夫身上，應該主動爭取自主權、爭取對自己有利的，而不是等旁人挑不要再丟給自己。

## 三個階段

知曉丈夫有外遇後，妻子作爲一個受害者，一旦感到被傷害，她通常會無助的問：爲什麼會是我，爲什麼讓我的心破碎？首先，她會經過一段Shock stage（震驚時期），她會想：這怎麼可能，我們相處得不錯，我的丈夫不可能有外遇，這時候她可能急著要抓住什麼、並證明丈夫不可能有外遇。接下來她會經過Protest stage（抗議時期），她會與丈夫對抗、責罵他，一哭、二鬧、三上吊全來，她可能聯合親友來制裁丈夫，捉姦，寫信與打電話到丈夫的上司處控告、哭訴。或者她也可能想到上述作法不好，改用溫柔攻勢，這些作法，有些有用，有些沒有用。最後一個階段比如決定則可稱作Resolution stage（決定時期），她要給自己一個裁決，下定某種決心或決定要如何做，睜隻眼閉隻眼，或癡癡盼望等丈夫回頭，這種決定不見得一定是實際行動，可能只是心裏的一個決定。當然，也可能是有所行動的決定，比如離婚或分居，或將第三者迎進家門等等。

上述余博士分析丈夫有外遇的妻子三個心理過程，讀者讀後可以心理有個準備，碰到問題不至手足無措。已面臨外遇問題者，更可以參照此三個階段好好調整自己。

# 自己站起來

在我接觸到的外遇問題中，特別要提出來給讀者作參考的是，不管妳（你）是否願意離婚，要如何處理外遇問題，最重要的，也是唯一的自救之道，是自己站起來。

請先聽我講述一個眞實的例子。陳君家境富裕、受過高等教育，陳家是幾代富裕累積的財富，因而陳君適婚之年，娶的也是個門當戶對、受高等教育的小姐，結婚十年來，有一對活潑可愛的兒女，陳太太像許多少奶奶一樣，悠閒的生活使她仍維持美貌，這個家庭是公認的美滿家庭。

然而陳君有了外遇，陳太太像任何一個太太，先是傷心、哭鬧、接著好言相勸，公婆也出面作主，陳君不是要離婚，但也放不下外遇，事情拖下來，一、兩年後介入的第三者也懷了小孩，生下一個男孩，陳太太則前後自殺三次。

在外遇事件裏，有了小孩通常使事情更複雜，陳太太到這個時候，反倒慢慢看開，她先試著積極的參加一些婦女團體，去聽一些有關婚姻的演講，儘量使自己的生活有重心與目標，然後，逐漸的，她到朋友的公司裏上班，從基層學起，很快就發現她大學讀的商科有實際用途，她開始爲自己的事業忙起來，她學會自立，情緒上、心理上，對丈夫的依賴逐漸減少，最後，經常不回家的丈夫眞正變得可有可無，有時候丈夫回家太久，她還會打趣他：不趕快過去，那個女人又要生氣了。

而介入的第三者林小姐，由於長期得不到婚姻的保障，感到極沒有安全感，於是像許多第三者，嘮叨、限制陳君的行動、哭鬧。陳君不勝其煩，反倒對太太的獨立自主感到好奇，再看太太蒸蒸日上的事業，還作了婦女代表，感到太太較以前成熟、可愛。最後的結局是陳君送給林小姐及孩子一大筆錢，讓她到加拿大發展，回來重跟太太在一起。

作爲陳太太的朋友，我眼見她的變化，由早期自殺三次的傷心欲絕，到後來由於能自己站起來，丈夫外遇的問題不再是她心頭大恨，反倒吸引丈夫重新看待她，並回到她的身邊。主要的，並非她不哭不鬧、溫柔體貼，而是她使自己獨立起來。

作爲陳太太的朋友，一開始我鼓勵她不要將丈夫的外遇看成世界末日，一段時間後丈夫並不曾與外遇斷絕關係，我更鼓勵她不再以丈夫爲生活的重心，而視丈夫爲可有可無的「第三者」，他回來自然很好，他不回來，也要有能力獨自生活、獨力排遣自己的情緒、寂寞。

我和陳太太的其他朋友都共同認爲，只有使陳太太獨立起來才是根本自救之道，因爲它進可攻、退可守，卽使最壞的打算是丈夫不肯回頭，陳太太也已能安排自己的生活、過好日子，丈夫回不回頭，並無多大關係。另一方面，如果丈夫肯回頭，陳太太還願意接納他，自然最好。

我極同意前面余博士所說，太太在外遇事件中，不要老是扮演被動的角色，等着丈夫在自己與第三者間挑選。何不主動一點，爭取自主權，爭取自己的獨立，再來決定自己是否還願意維繫這段婚姻，或願意何去何從。

不僅陳太太的例子如此，我和對婦女問題關心的朋友們經常發現，丈夫有了外遇後，特別一開始與第三者兩人正打得火熱，太太不管哭鬧或委曲求全表現更溫柔、更體諒，通常沒有多大挽回丈夫的功效。當然，哭鬧一定只有將丈夫推向第三者，委曲求全表現溫柔體貼，有時只令丈夫瞧不起，趁勢作威作福。

我個人以爲，與其向丈夫低三下四的求他要自己，倒不如能客觀的檢討自己在婚姻生活中的過失之處，謀求改進，比如給丈夫一個溫暖的家。但更重要的是，學習使自己站起來，不要每天只有痛哭、抱怨，而是儘量擺脫外遇的陰影，再注意丈夫與第三者的愛情發展，找到適當的時機，讓丈夫重回自己身邊。

一般而言，感情通常有它的上坡路和下坡路。兩人相識的最始初，吸引力加上新奇感，甜言蜜語愛得要死不活。但逐漸的，時間長久後，特別是當第三者得不到婚姻的保障，永遠只能躲在暗處，第三者經常的抱怨加上兩人間的愛情不再新鮮，這時是否有機會如余德慧博士前面所說，從「浪漫愛」走向「責任愛」，是個很大的關鍵。

因而我以爲，太太如果不想離婚，在先生外遇剛開始不久，與第三者正情濃意合時，儘量採取守勢，把家裏整理好，丈夫回家不要同他吵鬧，放寬心等待。等到丈夫與第三者間的感情過了最初浪漫愛階段，逐漸起爭吵走向下坡時，再適時的採取攻勢，看能否將丈夫的心挽回。否則，一當丈夫與第三者從「浪漫愛」走過下坡時期的「責任愛」，再進到「整合性的愛」，那時候要他們分手，就不是太容易了。

而作太太的要能忍讓、等待，需要有堅強的心智與承擔的能力，這些，都需要獨立自主的個體才能作到。

## 你沒有錯嗎

不少丈夫有外遇的妻子寫信來，她們說：「我這麼些年來替他燒飯洗衣服照顧小孩，那一樣沒作到？還幫他孝敬公婆，贏得一致疼愛。他卻到外面與狐狸精亂搞，還大把大把的把鈔票往外送」。或者，妻子有外遇的丈夫說：「我每天在外辛勤工作，賺得的錢全歸她，她還不滿足，到外面與男人亂搞，我到底作錯什麼？」

妳（你）沒有錯嗎？

專家們認爲，在像這類婚姻的相互關係中，很難說只有一方有錯，而另一方完全沒有過錯。這是一個銅板不會響的道理。當然，有些丈夫因爲傳統的觀念作祟，發達起來後，就認爲該討小老婆，這類丈夫自然不對，但促使他想會討小老婆，太太難道就完全沒有錯嗎？也不盡然。

要檢討自己在婚姻生活中是否有不足之處，致使丈夫有外遇，本書的第七章「女性的成長」可以作很好的參考。不管是丈夫或妻子，在閱讀完第七章，可以問問自己，我究竟能做到多少？那麼，妳（你）就會發現，妳（你）也許並非全然沒有過錯，再針對過失謀求改進。

## 妻子外遇的罪惡感

如果說丈夫的外遇是「喜新不厭舊」，兩者都要想魚與熊掌兼得，妻子的外遇通常是想要有所決定但很困難。

根據我的瞭解，妻子的外遇也可以套入余德慧博士所謂「高格調的妻子的外遇」與「低格調的妻子的外遇」，前者爲追求更高品質的婚姻生活與更合於理想層次的愛情，後者常是爲了追求更好的物質享受，或性的滿足。

「高格調的妻子的外遇」，由於有感情作基礎，有外遇的妻子通常要求與元配離婚，與第三者在一起，但爲了小孩，卻不知該如何處理。偷偷摸摸的與第三者談戀愛，旣使丈夫不知道，心中也常有很深的罪惡感。所幸這種「高格調的妻子的外遇」，由於對方也付出相當的感情，比較願意負責，有外遇的妻子較少機會受騙，或讓第三者玩玩卽走開。

但一些事實造成的困難也不容忽視。比如介入的第三者已婚，他是否能同太太離婚，有外遇的妻子也離成婚，彼此再在一起？這得離散兩個家庭重新組合，在子女、家庭牽絆如此複雜的情況下，雙方都得仔細考慮，免得有外遇的妻子離了婚，第三者離不成婚，還是結婚不成最後兩頭落空。

如果第三者是單身男性，有外遇的妻子更得考慮，對方是否只是一時被熱情沖昏了頭，愛過一陣子就算了？在現實社會中，一個單身男性要娶一個拖兒帶女的離婚婦女，恐怕還會遭到不少阻力。彼此的愛情、心智，是否成熟到足以接受壓力與阻力，需要仔細考驗。

孩子的問題在下面談離婚的問題會談及。比較令人擔心的是，妻子因爲有外遇要求離婚，丈夫爲給妻子「一點顏色看看」，很容易拿孩子作威脅，不准見面或講妻子的壞話，讓孩子留下「母親不要我跟人跑了」，「母親眞下賤」這樣的觀念。因而在離婚時，儘量不要將彼此關係弄僵，技巧的處理以免爲害下一代。

至於離婚與否，我以爲可以參照前面佘博士所說的，那就是問自己究竟要什麼，清楚的考慮再有所決定。我個人有個建議，不妨作一個表，將現有婚姻的優缺點一樣樣列出，再列一張離婚後與第三者結婚的優缺點表，兩相對照，看那一邊優點較多，也許可以幫助自己作選擇時的參考。

妻子外遇較難處理的還是陷在佘德慧博士所說的「Lock in」，鎖在一起的僵局中，也就是說，丈夫已知情，要求妻子回頭，妻子捨不下多年的婚姻、子女，自然也丟不開第三者，於是徘徊在不知如何選擇的狀況中。

妻子的外遇同丈夫的外遇很重大不同的是，有外遇的丈夫如要離開第三者，元配通常張開雙手熱情的接受。可是有外遇的妻子要離開第三者，重回丈夫的懷抱，有時並不順利。

問題可能出在丈夫的自尊心，有不少男人，知道妻子外遇後，直覺的反應是：「她怎麼可以作這種讓我抬不起頭、難堪的事。」他們會想要搶回妻子，但不一定出於愛，可能只是礙於面子問題。「我可以不要我的老婆，但我的老婆怎麼可以不要我」，這是許多男人的共同心態。在搶奪的過程中，他們會表現百般溫柔、寬宏大量，只要太太肯回頭，一定不計前嫌，但事實是否如此則很難說。很多丈夫爭取太太回來後，目的已達，也證實自己的男子漢氣概，證實自己不是一個輸家，卻抹除不掉帶綠帽子的心中不平，特別是，常會想到自己的老婆「讓人睡過」，不僅不再珍惜夫妻情感，反而在各方面凌辱、打罵妻子，或自己也表演外遇去了，爲的只是難以平撫他受傷的自尊心。

因而有外遇的妻子處在僵局中，要有所決定時，丈夫是否對自己有眞愛，性格是否成熟到可以重新開始，以及，很重要的，妻子在家庭中究竟扮演何種角色，都應該列入考慮。

綜觀妻子爲何有外遇，在「高品質的妻子外遇」中，大致有兩種理由，第一種是妻子能力不弱，婚後努力要想出人頭地，爭得事業上的一席之地。或者，結婚時兩人學歷、才能懸殊，妻子爲感恩或一時沒有適當對象，草草結婚，婚後立即發現，丈夫不僅學歷，連知識、能力都不及自己。上述這兩類的妻子本身能力很強，也常有機會在外與各行各業傑出的男性相處，很懂得欣賞成功男性的優點。發現嫁的先生並不像她這麼積極求進，很容易嫌先生不進取，時間長久後，「沒有用」、「不像個男人」成爲丈夫的代名詞。

這些丈夫，有個共同特性，他們對新的知識、新世界不在意，對社會問題不關心，回家喝茶看報紙，接著吃過飯後看一個晚上的電視。他們在工作上也不求表現，得過且過，帶回家的問題，永遠都是公司裏的小是小非，與他們談話，眞是「語言乏味」。

這使我們驚奇的發現，上述促使妻子不滿的地方，與促使丈夫不滿而有外遇的妻子的缺點，有異曲同工之處。可見，一個邋遢不求進步的妻子容易使丈夫有外遇，而一個懶怠不上進的丈夫，也是妻子外遇的重要原因。可見只要是人，在婚姻生活中，不分男女，問題大同小異。

這類妻子因爲對先生的不滿，加上自己能力很強，在家中會逐漸的扮演強勢的角色，先生的能力因不堪妻子的強勢壓迫，很可能會萎縮。先生逐漸依附太太，而太太儼然成精神上的一家之主。

這類妻子如有外遇，先生通常會想盡方法懇求妻子回來，妻子或因小孩的關係，或第三者根本無誠意與她結婚，只有回頭。由於她在家裏一向的強勢地位，她氣勢較高、能力強，因而先生無法對她有過分的責備，卻可能表現在性方面的施暴（見第六章醫療與性），故意在妻子十分勞累時長時間作愛，或在一些小地方上與妻子過意不去，折磨妻子。

當然，丈夫也可能不願忍受戴綠帽子求去。由於這類妻子一向較自主、自立，即使因外遇失去丈夫，第三者又不願與她結婚，她們通常很快又會站起來，寄情於工作事業，傷害也容易平撫。

妻子因外遇而受嚴重傷害的，是我接下來要談的「高格調的妻子外遇」的第二種形式。這類妻子，很可能因爲愛情電影、小說看多了，滿腦子浪漫的戀愛觀，婚後也不曾外出工作，或工作十分穩定、競爭也不大。她們可說一向生活在避風港裏，大風大浪無需自己去面對，因而對現實社會的掌握能力並非很強。她們躲在自己的小天地裏，最刺激的幻想莫過於一次驚心動魄、淚水混著歡樂的畸戀。

如果碰到的先生不解風情，或者不善表達內心的愛意，回家也不常開口，木訥寡言。這類太太常感芳心寂寞，婚姻生活毫無情趣可言。

萬一碰到有人心懷不軌加以勾引，或者自己一時不察掉入愛的漩渦，事發後爲丈夫知曉，這類妻子通常對小孩感到難以割捨，也並非眞有勇氣作驚人之擧，於是又回到丈夫身邊。由於一向生活所需仰賴丈夫，在家中扮演的是弱勢角色，丈夫最初可能因爲面子或眞有情愛要妻子回頭，但一當妻子回頭，心裏常不平衡，對妻子會有種種凌虐擧動。妻子由於在家中常趨弱勢，又感到自己過去曾經犯錯，只有逆來順受，如此更增強丈夫的氣焰，所受的苦也就更多。

更糟的是，如果丈夫不要她，第三者又不願負責，離了婚後又缺乏獨立的能力，連生活都成問題，這時再後悔，也悔之已晚。

妻子有外遇後，面臨何去何從時，我以爲除了看那方面有眞情、丈夫是否人格成熟、有所擔待外，也要看自己在家庭中扮演強勢還是弱勢的角色，再作一番取捨。

妻子的外遇會面臨社會的指責，親友不肯諒解，丈夫難以接受回頭，有百害而無一益。當妻子有外遇機會時，一定得三思，仔細的問自己：是否眞要有這次外遇，它的利害得失在那裏。如果眞是無法忍受原有的婚姻生活，或丈夫殘暴、虐待，也一定要選擇對自己有利的條件、有把握的狀況才外遇，否則，眞會「一失足成千古恨」。

當然，上逑意見絕非鼓勵婚姻出問題的妻子尋求外遇作解決方式。我以爲比較健康的作法是，有勇氣面對與解決婚姻中的問題，如果眞不得已離婚，也等離了婚後再另找適當對象。

至於「低格調妻子的外遇」，由於妻子外遇的動機只爲生活享受、金錢，或性的滿足，男人具有上逑條件卽可將她們要到手，這種外遇的「利害關係」重於「情感牽聯」，常見妻子的下場是情人不願、也感到無需負責，拍拍屁股走路，留下無所是從的妻子。不過她事實上可能獲得金錢、享受與性滿足。這類交易性的外遇因爲不會造成太大的感情困擾，不是本書談論的中心。

比較值得提出來的是，一些虛榮心較重的妻子，不安於室，原爲享受和金錢與人外遇，但自己社會經驗不足、能力不夠，不僅沒要到好處，還吃虧上當，搞到身敗名裂，或者爲第三者拐騙，被賣身風塵，或丈夫不肯收留，無處可去只有自甘墮落。這類妻子的外遇下場十分淒慘。不能不愼。

妻子的外遇得面臨較丈夫的外遇更麻煩的後果，但顯然許多妻子並不懼怕或不知道懼怕，因爲妻子外遇的比率有節節昇高的趨勢。在我接到近兩百封信中，不少丈夫有外遇的妻子來信抱怨，丈夫外遇的對象是已婚婦女。也有不少妻子因外遇困擾寫信來求助。在未來的十年內，妻子的外遇會造成新的社會問題，應該是無庸置疑的。

## 說與不說間
## 妾身千萬難

不少有外遇的妻子，通常並非事業上的女強人，而是軟弱、缺乏社會經驗的孩子的母親，這類妻子，不曾經過仔細考慮，糊糊塗塗的外遇，再受不了道德上的罪惡感，傻呼呼的向丈夫坦白，要求丈夫原諒，甚且要丈夫幫忙作決定，等於把自己惹來的麻煩往丈夫身上推。這類缺乏主見的妻子，也會是外遇最大的受害者。

有外遇的丈夫需要承擔外遇的惡果，有外遇的妻子自然也如此。婦女不要老覺得身爲女性，凡事可以撒嬌，可以示弱，可以表示迷糊就可以賴皮過去。像外遇這類事情，絕非掉幾滴眼淚表示懺悔就能算了，婦女得眞正的負起責任，通常，還是極慘痛的教訓與責任呢！

不少婦女更有這類偏差的看法，仗恃著丈夫愛自己，離不開自己，縱情自己外遇去了，讓丈夫傷夠了心，一當發現第三者並不想負責，再回頭來向丈夫哭訴、尋求依靠，這種專撿便宜的作法，一當丈夫自足自立起來，恐怕會摔得更重。

無論妻子因什麼理由外遇，我發現，由於女性通常較細心、敏感，只要不作得太過火，比較不容易爲丈夫察覺。我接觸不少妻子與情人已來往十來年、五、六年的個案，丈夫始終不曾察覺，偶而起疑，也因爲太太矢口否認，最後不了了之。

可是這類太太仍敵不過心裏的罪惡感，會想到該同丈夫坦白，但又明知坦白後丈夫不顧原諒自己，離婚後孩子一定爲丈夫帶走，不敢輕易開口，徘徊在「說與不說間，妾身千萬難。」

如果丈夫並非惡夫，只是較情人不如，比如說，不如情人富情趣、溫柔體貼，也不如情人能談心，但基礎上仍不失是個盡責的丈夫，我通常鼓勵妻子不要冒然開口。特別是，如果不是非離婚不可，還考慮到子女的問題，那更不該自己招認，以免引起更嚴重的連帶後果，傷害到更多人。

如眞想要減除心中的罪惡感，應該從自身作起，慢慢疏遠第三者，讓整個事件在最小的傷害程度內悄悄結束，這樣才是對得起丈夫與子女的最好辦法。「不知道是幸福」這句話在外遇事件中，絕對是個眞理，不知道即不會被傷害，也無需承受痛苦，如果有外遇的妻子因細心、敏感，能將外遇事件掩藏得很好，又不想要離婚，何必只為了消除心中的罪惡感，將事情鬧大不可收拾，還傷害到丈夫呢？

同樣的，先生有外遇，只要他有本事瞞過太太，而且並非不顧家庭，我通常不讚成親朋好友多事去向太太告狀。除非確知太太有能力處理好這事件（誰又敢保證這種事？）否則，說了徒增妻子的痛苦，還於事無補。

當然，如果丈夫或妻子有外遇，根本已到不顧一切，公然帶著第三者進出公共場合，還逢人就說：這是我太太，這是我先生，這種情形，不要旁人去說，作為元配的妻子（丈夫）早該有警覺。如果連丈夫（妻子）鬧到這種地步，還一點都不知情，作妻子（作丈夫）的，是否自己也該檢討呢？

有一個個案特別值得在此提出討論，林太太因家庭的變故，下嫁只有小學畢業的林先生，林太太上進好學，在工作之餘，努力完成夜間專科學校的學位，這時候，一位王姓同學闖進她的心扉，王同學婚姻也不美滿，兩人惺惺相惜，有了戀情，王同學願意離婚同林太太結婚。

林太太感到丈夫有恩於自己，也算夫妻一場，又捨不得小孩，遲遲不能決定，又不願不明不白的與王同學來往，覺得罪惡感深重，不知如何是好。

我個人的看法是，與其毀掉兩個家庭，讓王同學的妻子、林太太的先生以及小孩們，都成為外遇事件的受害人，倒不如林太太敢作敢當的承擔這件事。如果家庭與丈夫眞不能給她滿足，她仍需要王同學的愛，另方面又捨不得離棄家庭，那麼，幾年來她既然和王同學偷偷來往，雙方家庭都不知曉，何不這樣維持下去？小心來往只要不出錯，既維持兩家表面的和諧，也滿足自己的愛情。至於罪惡感？天下那有十全十美的事，既要外遇，總得忍受缺陷。當然最好的是，林太太慢慢疏遠王同學，將精神與愛寄託在別的地方，這世界上，除了愛情外，海濶天空還有許多值得珍惜的事情呢！

至於丈夫發現妻子有外遇該怎麼辦？我以爲只要是人，反應大概都一致，男女差別並不大，妻子有外遇的丈夫，不妨參考前面余德慧博士與簡春安教授對外遇的處理方式，相信會有所獲益。

## 離婚的意義

根據柴松林教授所言，臺灣地區的離婚比率上升相當快，民國六〇年是千分之零點三七，到七〇年是千分之零點七六，離婚也由過去被視爲不光彩、奇特、嗤之以鼻逐漸被接受。

離婚問題錯綜複雜，值得寫一本專書討論，這裏，我們僅就外遇引起的離婚問題來探討。

根據林蕙瑛教授所作的一項統計，因丈夫有外遇而離婚的比率，佔一一·八六，只次於另項離婚的理由：「個性不合」佔一九·八三，外遇可以說是第二個主要的離婚理由。

因外遇離婚，不大容易作到好聚好散，通常是妻子不願離婚、或丈夫不肯拿生活費回家、丈夫毆打太太等等。何種理由可以構成離婚條件，何種理由不可以，在第五章「法律」有詳細的法律知識解析，並談到離婚時的子女、財產問題，讀者可仔細參考。

這裏要談的是困擾多數丈夫有外遇的妻子的問題：該不該離婚。

一想到離婚，許多人一定想到孤獨、悲傷、遺棄、生活成問題，的確，離婚會件隨著這些問題，但離婚是否也有它的正面意義呢？當然是有的。不少專家認爲，「離婚可以提供婦女發展可能曾被埋葬在婚姻中成長之潛力，能運用獨立自主的能力，提昇個人的能力與自尊」，不少離婚婦女，闖出一番新局面，成爲大企業家、名教授、專家等等。

的確，特別在像臺灣這樣的社會裏，結婚後婦女通常扮演附屬的角色，不僅不能隨婚姻進步，還往往因爲負擔整個家庭的家務、生育子女、瑣碎事項，使自己能力萎縮。離婚後婦女如能渡過初期情緒的困擾，很可能發展更開濶、更健全的人生。

離婚時子女也是一項重大的考慮因素。林蕙瑛教授認為在作婚姻輔導時「完全是男女平等，沒有所謂的犧牲，或許有時候要多為孩子想一想，但也無須到完全沒有自我的地步」。我個人也十分同意這種看法。此外，不少婦女不願離婚，理由是「看在孩子的份上，實在不忍傷害孩子」。離婚一定會傷害到孩子沒錯，但不離婚難道就一定對孩子好嗎？那也不見得。根據美國少年法庭的一份調查，少年犯來自夫妻不合時常吵罵的家庭，遠遠多過夫妻離婚的家庭，原因在離了婚後，夫妻雙方因憐惜孩子沒有完整的家，反倒會對孩子好。不離婚整天在一起吵架，最容易有的藉口是「如果不是為了你們這些孩子，我那裏得留在這個家，被那個死鬼這樣糟塌」。父母親勉強在一起的吵罵，對孩子的心理絕對有負面的影響。

消除了一向對離婚有的一些錯誤看法，我們就能比較持平的來談離婚。「先生都不回家，連生活費都不拿回家，還跟那個狐狸精生了小孩，我想離婚，可是又想有一天他說不定會回頭」，「先生說只要我接納那個狐狸精，他還是每天會回家，可是這種婚姻我怎麼受得了，我想離婚，又放不下小孩」。這是很常見的兩難情形。

離婚還是不離婚？作什麼決定對自己會較好呢？這自然得多方考慮面臨的問題的得失，我十分讚同前面余德慧博士的建議：問自己往後十年、二十年，究竟要作什麼、要過什麼樣的生活？能回答這個問題，妳就會知道何去何從。

在作決定時，千萬不要夢想有一種結果可以兩全其美，外遇一定帶來傷害，選擇維持婚姻關係，希望有一天丈夫能回頭，那就得面對漫漫時日的等待，當中一定會有無限辛酸。選擇離婚要重新開始，舊有的婚姻一定得解體，暫時也得面對離婚後的種種不能適應。婦女千萬不要盲目的幻想，可以有一種方法，像吃仙丹一樣，避免所有的挫折，這是絕對不可能的。因而首先要能面對，沒有一種選擇可以完滿解決問題、可以兩全其美。

也不要徘徊在離婚——不離婚這樣的十字路口，因爲不選擇問題不會解決，也會感到十分痛苦，浪費寶貴的青春與生命，最後還可能一場空。選擇並非立刻要有行動，而是心裏有個大致的決定，並先不要張揚，默默的去嘗試努力看看，即使行不通，也還有退路，再改換方向。同時要一再提醒婦女的是，不要以爲選擇即能完滿解決問題，外遇是個不幸的事情，懂得接受欠缺、不完滿，才能從中找到新生。

基督教教義教人作選擇時「兩害取其害輕者」，也就是說，在不可能皆美滿的狀況，選擇壞處較少的一條路走，才是正確的選擇態度。

選擇後還要有心理準備，未來還有一段長而艱辛的路要走，才能重見光明。而且這條路只有一步一步自己走出來，旁人可以給予幫助，但最終的努力仍然靠自己。不要以爲別人會有什麼萬靈丹，或什麼秘方，告訴妳即可挽回丈夫的心，重新開始和樂的家庭，這是絕對不可能的。「天下沒有白吃的午餐」，沒有不勞而獲的事，不管是否離婚，都得經過長期的努力，才能走出一條路來。

如果不離婚，可以參照本書中提供的建議（第三、四、七章），也許能有所幫助，如果要離婚，以下專家的意見也許可以使妳調整自己來面對離婚問題。

專家們認爲，離婚大多經過以下三個時期：㈠求生期，這時候過一天算一天，陷在震驚、憤怒與痛苦難以自拔；㈡痊癒期，這時開始自我檢討、計劃將來。最後是㈢重建期，努力建立新生活。

求生期可說是瘋狂期，他們四處抱怨，說盡配偶的壞話，毀壞配偶的東西，辱罵配偶等。要注意的是，發洩怒恨雖可以治療創傷，但該找熟人、可信賴的人，而且該適可而止。痛哭一場當然很好，但不能永遠每天眼淚鼻涕，對自己不會有好處，反而讓親戚、朋友受不了。

這個時候隨便找個人在一起好嗎？不太好，因爲會感到更空虛，而且可能引起孩子與丈夫的瞧不起，最好不要輕易嘗試。

到痊癒期，則最初的憤怒已消失，會比較合理性的來想一些問題，這時候最好能找到身心寄託，或是工作，或是社團，參加有興趣的文化、慈善活動等等，藉機也可以多交往新朋友，同時也不要忘了舊朋友間的聯繫和友誼。「朋友關係不會因離婚而改變」，請相信這樣的話。

不要因對配偶懷恨，向孩子灌輸配偶的壞話，畢竟，他（她）仍是孩子的父（母）親。也不要因離婚感到有所虧欠，即溺愛子女過度。讓孩子同堂兄弟、表姊妹、祖父母常在一起，可免除孩子的孤獨感。

重建期，這時候已逐漸接受離婚的事實，是毛毛蟲變蝴蝶的時刻，他（她）重新打扮得光鮮照人，有新的朋友，更富活力。這時候，配偶如果希望同你復合，不要隨便重拾舊歡。要小心第三者難道眞的不在了嗎？對方眞的不再有外遇嗎？他（

她）要復合的誠意有多高？才不致好不容易跳出一個陷阱，又進入另一個，日後再心碎流淚。

這時候也許有了新的男友，但不要太招搖，除非關係已達成熟，不要隨便帶他（她）回家過夜，以免年幼的子女會妒忌。也不要匆忙再婚，最好能等待一段時間，好好觀察對方，也等自己受離婚的傷害眞正平復，再追求健康美好的第二春。

## 第三者的愛與罪

除了貪圖物質享受，自願作小，或不計名份，自願讓人金屋藏嬌外，介入的第三者通常得走過一段漫長的不歸路，再回頭，悔之已晚。

介入的第三者通常可分兩種，一種可說是「不小心陷入型」，全然毫無作第三者的打算，只因一時把握不住，爲情所困，一失足成千古恨。最常見的是在公司中憂慮不樂的中年男人（如果他是老板或上司更好），鬱鬱不樂的談到他不幸福的婚姻（不幸福也許是眞的，但錯究竟在誰，在他自己或太太，那就很難講）。而天眞、年輕、涉世未深的女性，通常是比較不實際、不功利、愛作夢的少女，迷惑於中年男人的憂慮，對他愛憐，感到自己能使他快樂，兩人因工作長期接觸，然後有一天，因出差，或在外遲留未歸，中年男人會輕描淡寫的提議到旅館過夜，年輕少女不會想到太多（心中更想他一定會尊重自己），跟著前往，一陣談心，有經驗的中年結婚男人，一步一步的，以他的經驗，加上少女對他已存的好感，一定有辦法達成目的。

有了性關係後，或者說被對方撫摸過身體，這些清白無瑕的少女，明知道已走入一條不歸路，但身不由己，一步步陷下去，終不能自拔。

另一種第三者可說「有備而來型」，她們或是已過適婚年齡頗具能力的都市職業婦女，或者是已離婚婦女，或是已有過戀愛經驗、性經驗的年輕婦女，她通常比較獨立，場面也見過不少，對自己深具信心，有時爲了男友不在身旁，或想找個人作伴解除寂寞，她們不在意對象是已婚男人，反正玩玩就算，如果對方玩眞的，嫁給一個事業有基礎、社會有地位的男人也沒什麼不好。她們的工作環境、社交圈，很容易讓她們有機會接觸這類中年有成的男人，於是，經過一陣彼此試探與引誘（

說好聽一點相互吸引），很快的就會在一起。

比較麻煩的是，不管是第一種不小心的陷入，或是第二種有備而來的第三者，一當她們動了眞情，涉世未深的少女也好，以爲自己很獨立的婦女也好，很快就會發現，這類戀情，遠遠超過她們的能力所能承受。

其實第三者會碰到的情況，相當公式化，一開始，第三者因爲愛情，不太介意對象已婚，而且外遇的初期，男方感到新鮮，有著熱愛，會願意作很多犧牲，勻出很多時間來陪第三者，第三者這時候也會想：我只要有你愛我，其他什麼都不要，這是第一個階段。

然後，交往的時間長久後，第三者開始抱怨，爲什麼我們只能偷偷摸摸的去旅館，爲什麼我們不能公開的一起去看電影，同朋友閒談，共同作一些很美麗的事情，爲什麼男方一定得每晚回家，爲什麼不能多花一些時間陪自己。這些抱怨累積起來，加上第三者一定感到缺乏安全感，她原來只要對方愛她，其他什麼都不要，這時候會變成「什麼都要」，而男方開始發現，她不像初期那麼可愛，甚且以爲，她還沒有太太賢慧、體諒。

下一個階段，第三者因爲長期盼望不到婚姻，「你不是答應我要把我們的事告訴你太太，同她離婚再和我結婚，爲什麼這麼久都沒作到，你要我體諒你，我已經給你這麼多時間，你不給我一個交待，我一定讓你全家不安寧」。這是常見的說法。這時候，如果男方的太太已知道丈夫有外遇，鬧起來，丈夫可能面臨選擇，但絕大多數的男人，會想要魚與熊掌兼得，事情只好僵在那裏。

到這個地步，有的第三者會忍痛要求離去。有的仍割捨不了心中的戀情，一方面總是自覺理虧，搶人家的丈夫，安心下來不求名份，也習慣了男人每日只能來一下的生活。有的會感到不甘心，平白浪費多年青春，再想好好嫁人也不容易，只有繼續維持下去，但心中總有不甘。有的激烈一點的，可能大鬧一場，四處寫信打電話給對方的上司、機構，兩敗俱傷再分開。最悽慘的當然莫過於對方一句話：「我雖然愛妳，但我不能破壞我的家庭，我們最好不要再見面」，從此避而不見。

多數第三者懷著不正確的幻想：有一天，他總會離婚娶我的。事實上多數個案顯示，這一天永遠不會到來。因而，除非第三者佔絕對優勢，比如是某某人的女兒，對方想攀住她往上爬，或者，對方的妻子實在是個太差勁的妻子，才能以自己的青春、名譽作賭注，賭結婚的一天會到來。否則，在兩人濃情蜜意的階段，如果對方不會給予肯定承諾，最好趕快想法離開，自求多福。

「我明知道這樣下去不行，但就是情不自禁，離不開他」這是我聽到最多的求助訊號。的確，離開一個所愛的人很難，但如有心要離開，不妨破斧沉舟，逼著他給妳一個交待，對方被逼急了，可能惡言相待，什麼嘴臉都使出來，看清這層眞面目，也許會有助於離開。或者，換個工作，避免接觸機會，甚且，到別的都市重新開始，不要讓他找到妳，免得「他一打電話來，我的心就軟了」。

最重要的是，找到新的寄託，不管是將時間、心神寄託在工作上，或積極的認識新的朋友。妳會發現，新交的朋友暫時雖不會比他知心，但請一定懂得珍惜，談一個自由的、無拘束、沒有罪惡感的、能在光天化日之下見得人的戀愛，無需躲在賓館、躲在陰影裏，自會有一番快樂與天地。而且有陽光的戀愛才能健康，也才能持久。因而，先不要太計較對新的朋友沒有像對他愛得這麼深，但新的朋友給妳的是另一種戀愛，同樣的值得品味和珍惜。所以，暫時不要想自己能再談一次轟轟烈烈的戀愛，而是至少許諾自己談一個「不同」的戀愛，妳會發現，時間能治療一切，「明天又是光明的一天」。

想清楚要離開的第三者還算有一天能得到超脫，因爲旣想離去，再難，也總有做到的一天。但有的第三者深陷其中不能自拔，爲要想抓住對方，一定會想生個小孩抓住對方的心！

男人眞的會因爲小孩而離婚娶第三者嗎？多半不會，他如果顧念小孩，他與元配間生的難道不是小孩？不足以繫住他的心？如果對方眞顧念小孩，自然也不會離婚傷害他的孩子，因而，想以小孩逼使他離婚娶第三者，是下下之策。這樣作，只會使第三者的行動受限，往後要有任何打算，拖著一個小孩（對方很可能狠心不要孩子，第三者也不放心將孩子交給他），能走的路就窄多了。不要忘了，孩子還會同第三者一樣受苦，私生子的同義字是嘲笑與辱罵，永遠抬不起頭來。

請千萬不要想用小孩抓住對方的心，小孩誰都能生，第三者或他太太的小孩，差別大嗎？

當然如果第三者已打定主意，不計名份跟著他，他太太也等於默認，這時候生小孩，的確有助於使彼此的關係多一層責任與牽絆，但如何敎養孩子長大，使他心中不致有陰影，還是很難的課題。

第三者的另一個共同反應是不甘心。「我的青春都給了他，他對我完全沒個交待，我眞是不甘心」，「我浪費這麼多時間在他身上，這樣就要分手，太不值得了，我眞是不甘心」，「我不甘心，我非得要他也受苦，也沒好日子過，我才甘心」。事實上，除非受騙，或未成年，當初可是第三者自願同他在一起的，沒有人逼她、強迫她，一個銅板不會響。眞正會讓第三者不甘心的是：繼續耗下去，到有一天年華老大，才眞正是後悔莫及。如果第三者覺得不甘心，要報復，那可以，但請先算清楚，報復下來，自己不會也受害嗎？想要玉石俱毀？那可未必。第三者本來就是個介入者，社會大衆一般不會同情，不會站在第三者這邊，要他同妳一起遭殃，第三者往往得付出較他更大的代價，這不叫玉石俱毀，可能是鷄蛋碰石頭，鷄蛋破了，石頭搞得一身鷄蛋雖不好看，但至少仍原封未動。

不甘心怎麼辦？認了，還不妨想想，你們當初也不是沒有過一些快樂的日子。不甘心怎麼辦？趕快走得遠遠的，如果有一個幸福的歸宿，或在事業上闖出一番眉目，那時候不甘心的可能是他，他會想：我當初眞笨，居然放掉這麼好的一個女孩，我眞不甘心。

性問題也是第三者的一大難題。在本書第六章醫療與性中，有詳細的墮胎知識，讓第三者足以自保。許多第三者，特別是過去全無性經驗者，常感到既然將自身清白給了對方，就認定非君莫嫁。這並非健全的想法，所謂清白比起一輩子的幸福究竟那個重要？答案自然很明顯。不要因爲與對方有性關係，就以爲一輩子得沒有名份，委曲求全的跟定他，最後的下場很可能是被遺棄。

我絕非鼓勵濫交，但女性在種種情況下，都可能失去貞操，而且隨著社會的演變，婚前性行爲有越來越普遍的趨勢。何不把與對方的這一段情、性關係，視作交往一個普通男朋友，之後不合得分開，婚前性行爲並非生命末路，應該作的是好好珍惜將來的婚姻。

第三者也千萬不要存著將貞操給他，對方則無條件的一定負責，而往此鑽牛角尖想不開。「我把什麼都給了他，他居然這樣對我」。沒錯，貞操對許多男人來說，不是什麼了不起的事情，除非他下藥讓第三者失去知覺或用強迫手段，否則，所謂給出貞操也是第三者自願，由此認定對方一定得爲此負責，恐怕是第三者太天眞的想法，到時目的不能達成，再自怨自艾，不如事前想清楚，敢作敢當，要不就不作，作了也不再多方找藉口。

當然如果有男人肯因爲要了對方的貞操，卽離婚娶第三者，這種負責的態度自然很好。但請千萬記得，這是二十世紀的八〇年代，貞操不是，也不該是有效的武器。

第三者更會感到一項重大的不公平。由於自身扮演的是介入者的角色，見不得人無法公開，她雖在暗處，但卻明知對方有妻有子，得忍受嫉妒的煎熬，還得幫對方作種種掩飾，心裏一定會嫉恨，對方的太太不知道多好，不像自己，明知道有個情敵，還得受苦受難。

總之，由於人類佔有的天性，第三者與有婦之夫談的戀愛一定千瘡百孔，她得背負道德的罪名，法律的責任，她沒有地位，缺乏保障，還禍及她的子女。更由於長期的委曲求全，最後連個性都可能扭曲，傳統的姨太太有種種討厭之處，今天的第三者難道就沒有？對那些追求美好愛情的女性，會願意爲了一場見不得人的戀愛，整個毀了自己，使自己變成個不可愛的人嗎？

因而不要高估自己，認爲自己能力很強，獨立自主，即可承受得起這樣的戀愛不致傷害到自己，這是不可能的。人類的嫉妬、佔有天性，幾千幾萬年一直存在，不會在某一個人身上消失不見。請千萬不要高估自己，玩火者必自焚，相信這句老話。至於那些身不由主，一不小心踏上這條不歸路的女性，立下決心趕快回頭（除非對方已給出明確的交待），回頭當然不容易，但沒有這樣的開始與決心，就永遠沒有希望。

我希望嚮往愛情的婦女一定謹記在心，只有在明亮處，在陽光下見得人的戀愛，才可能是對自己有益的戀愛，也才能是個健康的戀愛。而也只有健康的戀愛，才能歡笑勝過眼淚，幸福勝過缺陷，佔有同時也被佔有。

# 第五章 法律

## 通姦

### 外遇犯法嗎

外遇由最基礎的層面看來，是一項感情問題，只不過是已婚者再與配偶外的其他人發生感情與親密關係，如果外遇的對象並非未成年，也不是用欺騙的方式贏得情感，這樣看來，除了道義責任外似乎無需負法律責任，但外遇犯法嗎？答案是肯定的。

由於中華民國法律保障一夫一妻制，因而，外遇的情感問題與親密關係，會構成通姦罪。

根據刑法第二三九條，有配偶而與人通姦者，處一年以下有期徒刑，其相姦者亦同。

## 誰受到法律保障

因為法律保障家庭，在配偶與外遇的第三者間，自然保護配偶。配偶除了有告訴通姦的權利外，萬一丈夫（太太）同外遇的第三者在一起長期不回家，還可以控告丈夫（太太）不履行同居義務。丈夫如不拿生活費回家，可以控告遺棄。總之，配偶享有多重保障，甚至因丈夫（妻子）的外遇而離婚後，都能要求賠償或贍養費，其子女也享有法定的繼承權。

反觀介入的第三者，她（他）們除了因對方配偶的告訴必須吃上官司外；她（他）們沒有名份，甚且當對方與其配偶同意讓她進家門，她在戶口上只有「寄居」的身份。

事實上，許多外遇的第三者可能較傳統的姨太太都還不如，因為缺乏婚姻關係，更缺乏姨太太的公開關係，她們得擔心對方會隨時一走了之，她們生的子女如果對方不認領，很可能只有用母姓，終身在父親欄寫上「父不詳」。如要強制對方認領，得傷感情的打官司。

介入的第三者更沒有繼承的權利，其子女也得經過合法認領才有繼承權，總之，介入的第三者在法律上，絕對較配偶處於劣勢而且毫無保障。

## 如何控告通姦

通姦罪屬告訴乃論，也就是說，配偶必須檢具通姦之事證，依刑法二三九條告以通姦罪，才能成立。如配偶不予告發，當事者自然可以消遙法外。

所謂「檢具通姦之事證」，是指找到通姦的證據。相信許多人在報章雜誌上常讀到這樣的新聞：李君為有婦之夫，又與王女在外租屋同居，事為李妻知曉，於是一個夜黑風高的深夜，夥同管區警察，到李君與王女同居之處，當場逮到兩人衣衫不整同睡一床，罪證確鑿，因而斷定兩人有曖昧關係。

## 誰才有權利捉姦

由報章雜誌的報導，我們已有初步的概念，捉姦通常由配偶出面。但如果配偶因故不能前往捉姦，親朋好友幫忙收集到通姦的證據，也可作爲控告時的旁證。

## 誰有權利提出控告

通姦的罪證可由旁人代爲尋得，但要到法院提出控告，則只有配偶有此項權利，如配偶不願提出告訴，旁人提出則無效。

## 誰前往捉姦才有效

我們通常以爲，如要捉姦，得會同管區警察。事實上，捉姦一定得會同管區警察才有效嗎?答案是否定的，通常只要有證人在場即可。特別是，目前科學儀器昌盛，如能拍得當場的像片，甚至錄影帶、或取得錄音等等，自然是極有力的證據。

不過，爲避免證人往後出任何問題，比如，到時候不願作證，或證詞不容易被採信等等，夥同管區警察前往捉姦，仍是最保險的作法。

## 管區警察有義務配合捉姦

有的。管區警察有維持治安的責任，只要是犯罪，管區警察得依法前往處理，請不要忘了，依據中華民國法令，通姦得處一年以下有期徒刑，通姦自是犯法行爲，只要能提出正確的人、時、地，有合理的可疑狀況，管區警察有義務夥同配偶前往捉姦。

## 什麼證據才算通姦證據

夥同管區警察逮到通姦者衣衫不整同睡一床，自然是最好的證據，但如果運氣不是這麼好，時間不是拿捏得這麼準，還有什麼可以作爲證據的呢？

比如配偶與外遇的第三者有了小孩；同居一起而且共住一室；在第三者的房間內看到配偶的衣物；不正當的時間（半夜兩三點）同在旅館；或有親密肉體關係的證據等等，都可作爲旁證。

有一個有趣的故事値得在此一提。陳妻得知丈夫與李女在佳賓旅社三〇一號房間，夥同管區警察前往捉姦，可惜到的時候已略遲，打開房門，丈夫與李女衣著整齊坐在旅社房間的沙發上聊天。

雖然孤男寡女到旅社開房間「聊天」，理論上說不過去，但兩人辯稱他們有要事要談，爲怕旁人知曉，旅社是最隱密的地方，法律也無權阻止人們到旅社聊天，況且時間是白天，並非什麼不正當時間。

雖然陳妻可以看出丈夫是與李女燕好過，只不過因爲到得太遲，兩人已穿好衣服準備離去。但苦無現場證據，一夥人正想只好無功而退。有個陪同前往的朋友眼尖，看到房間內有剛使用過的衞生紙，撿起來看上面留有類似精液的東西，顯然是作愛完後用來拭擦用的。於是拿此衞生紙前去化驗，果然是丈夫的精液，由於證據確鑿，雖然不曾逮到兩人衣衫不整在床上的現場，仍賴此項證據到法院告發丈夫與人通姦成立。

## 配偶何時提出告訴

如果決定要採取法律行動，自然是越早越好，特別是趁對方尚未起疑，才容易掌握通姦證據。就法律而言，由於通姦罪屬告訴乃論，在知悉事情六個月不提出告訴，則視同放棄該項權利。

還是舉個例子來說比較明白。李君與王小姐同居，李妻爲顧全家庭和諧，遲遲不肯提出告訴，總想有一天李君會回頭。沒想到李君變本加厲，最後連生活費都不願拿回家，李妻絕望之餘，想要採取法律行動。但告到法院，李君提出確實證據，證實李妻知道他與王小姐同居已超過六個月以上，結果李妻告訴不成。

當然，李妻如能提出反證，證明不知道李君與王小姐同居之事實，則自然不受這六個月期效的限制。

所以李妻如果要提出告訴，最好在知悉事情的六個月內。如超過六個月，就得小心舉證，證明自己是不知情，才不至喪失告訴權利。而李君如要避免妻子上法庭控告，最好能掌握有效證據，證實妻子知道他有外遇已超過六個月。

## 事前縱容事後宥恕不得告訴

除了知悉事情超過六個月不提出告訴，視同放棄該項權利外，還有其它情形使配偶告訴無效嗎？

有的，刑法二四五條第二項：對二三九罪（作者註，即通姦罪），配偶縱容或有恕者不得告訴。

什麼才叫「配偶縱容或有恕不得告訴」呢？舉個例子來說，李君同王小姐相戀，李妻看兩人毫無分開之意，爲維持婚姻關係，最後同意王小姐進門共同生活。李妻同意王小姐進門三人一起生活，即視同縱容，往後即使李妻反悔，想提出告訴，因為縱容在先，已不得告訴。

事後有恕又如何呢？吳君與林小姐在外生有孩子，吳妻看事情已至此，也就認了，還帶了水果到林小姐家（或生產的醫院）探視林小姐與孩子。之後吳妻越想越氣，心有不甘，想到法院控告，但吳妻既已表示有恕（到醫院看林小姐與孩子），則不得提出告訴。

比較特別的「縱容與有恕」的例子出現在風塵界。陳君生性好賭，為還賭債，逼迫妻子賣淫，妻子有一恩客王經理頗有資產，陳君為敲詐王經理，安排下仙人跳，當場抓到妻子與王經理姦淫，到法院控告王經理與其妻通姦，但由於其妻賣淫是受丈夫逼迫，等於丈夫縱容妻子與人通姦，不得告訴，因而陳君之告訴不成立。

## 切結書的作用

不少有外遇的丈夫，在被太太捉姦成功後，為避免太太告到法院，常會願意立下切結書，表示與外遇的第三者斷絕來往，這樣一份切結書在法律上可以有怎樣的功效？

首先談如何立一份切結書。最好的辦法是讓當事者自己寫，再加上簽名蓋章最好。否則簽名較蓋章在法律上更有效，因爲蓋章當事者可以否認此圖章爲他所有。

太太掌握切結書，有那些法律保障呢？如果丈夫立下切結書起，即不再與外遇的第三者來往，那麼，對於他們的通姦事實，太太等於已事後有恕。前面談的「事前縱容與事後有恕不得告訴」一節中，我們已分析，根據刑法第二四五條第二項：對二三九條罪（作者註，即通姦罪），配偶縱容或有恕者不得告訴。

因此，丈夫立下切結書後如已不再同外遇的第三者來往，太太等於承認事後有恕。如果太太回家越想越氣，心有不甘，想要再提出告訴，因她事後有恕，對於丈夫的通姦罪，將告訴無效。

可是如果丈夫立下切結書後又繼續與第三者來往，太太查獲並獲得有效證據，告到法院，這時候這份切結書就不失爲有效證據，證實丈夫與第三者原有來往，又繼續來往，在量刑上法官會有所斟酌。

## 同意書的功效

陳妻自從結婚後，十年都不曾生育，陳君藉口太太不能生育，在外另有女友，女友懷孕後，陳君以「有後」作理由，要太太接納女友，三人共同生活。並擔心太太萬一反悔，告到法院，則他與女友都會吃官司，要太太寫同意書。陳妻因自己不能生育，常感愧疚，加上公婆和丈夫多方施以壓力，不得不寫了同意書，同意讓第三者進門。

陳妻寫了同意書，等於有恕丈夫與人通姦，自然可引用前述刑法二四五條第二項：對二三九條罪（通姦罪）配偶縱容或宥恕不得告訴，永遠失去告訴的權利。因而寫同意書前必須謹愼考慮。

另外又有這樣一個例子：李妻的丈夫自從有了外遇後，不僅分文生活費不拿回家，常年與女友在外同居，每次偶而回家，藉故挑李妻毛病，動輒打罵，而且威脅李妻如敢提出告訴，要殺害李妻父母兄弟全家。有一回回家，更拿著刀子脅迫李妻寫下同意書，要李妻同意丈夫與其他女人來往不予追究。李妻在遭毒打與刀子脅迫下，只有含淚簽下同意書。

像李妻這樣的例子，由於簽署同意書非個人意願，以後可以在法庭上舉證證明寫同意書出於脅迫，則此同意書無效。我們建議李妻不妨當日被毒打後到醫院驗傷，留下驗傷單以作爲丈夫脅迫寫同意書的證據，相信不無助益。

## 只告第三者，不告配偶行嗎

配偶要提出告訴，可以有下列幾種作法：

㈠丈夫（妻子）與介入的第三者一起告。

㈡只告介入的第三者。

㈢只告丈夫（妻子）。

如想撤回告訴，因爲通姦罪是告訴乃論，配偶可以提出告訴，自然也可以撤回告訴。撤回告訴也可以有以下作法：

㈠撤回丈夫（妻子）與介入的第三者的告訴。
㈡只撤回對丈夫（妻子）的告訴。
㈢只撤回對介入的第三者的告訴。

通常的情形是妻子經不起丈夫的一再請求與表示悔改，願意撤回對丈夫的告訴，卻不願撤回對介入的第三者的告訴，吃上官司的因此常是介入的第三者，可見第三者不可不愼。

撤回告訴有個有趣的實例，値得特別在此提出。李君自己是有婦之夫，又與同是結婚的有夫之婦王太太相戀，事爲李妻知曉，檢具通姦證據想告到法院，經不起丈夫要求，同意不對丈夫提出告訴，但想對介入的第三者王太太有警告作用，要提出告訴。和律師談過的結果發現，如果只告王太太，恐怕王先生會心有不甘，也提出告訴，而且也只告李君，不告自己的太太。這樣一來，李妻想要告王太太而保全自己丈夫的作法，就行不通了。

李妻對是否提出告訴，眞感到「妾身千萬難」。由此可見，如果介入的第三者也已結婚，是否提出告訴，如何告才能達到自己所要的效果，十分値得仔細斟酌。

## 通姦罪成立有怎樣的刑罰

如配偶告到法院，舉證通姦罪證成立，而且配偶並無縱容或宥恕行爲，則通姦者可以處一年以下有期徒刑。如果是初犯，法官通常處六個月以下徒刑，可以易科罰金，就不必去坐牢。但法官也可以判六個月以下徒刑卻不能易科罰金，照樣得坐牢。如果是連續犯，加重二分之一量刑，最高可判到一年半，但通常可能判十個月或八個月。由於超過六個月，不能易科罰金，就必須坐牢。

因而當事者如果已被告到法院，判刑成立，第一次的刑期通常可以易科罰金，但如還繼續在一起，又再次被告到法院，得眞正坐牢服刑。當事者對此絕對得小心，大意不得。

## 不得與相姦者結婚

對於介入的第三者，更嚴重的是，依民法九八六條：因通姦經判決離婚或受刑之宣告者，不得與相姦者結婚。也就是說，介入的第三者如被告到法院，判決確實犯了通姦罪，對方如果同配偶離婚，要同介入的第三者結婚，已離婚的配偶仍可以撤銷其婚約。

舉個例子來說會更清楚。李君與王小姐同居被李妻告到法院，王小姐被判六個月以下徒刑，易科罰金倒是不會去坐牢。之後，李君費了很大的工夫，終於和李妻離婚成功，想同王小姐結婚，但結婚後卻發現婚姻無效，因爲王小姐曾被判通姦，算是與李君相姦者，依民法九八六條不得與相姦者結婚條例，已離婚的李妻可以到法院撤銷他們的婚約。

當然，已離婚的李妻想要撤銷李君與王小姐的婚約，並不是一輩子有效。只要李君與王小姐結婚後滿一年，離婚的李妻不曾前往撤銷婚約，則視同她放棄這項權利，往後再沒有能力撤銷前夫與相姦者的婚約。

所以，已離婚的李妻要撤銷前夫與相姦者婚約，要在一年以內。而李君與王小姐只要結婚滿一年，不曾爲離婚的李妻發現並前往撤銷婚約，就可安心享受婚姻了。

## 外遇的第三者未成年

根據刑法第二三三條：引誘未滿十六歲少男少女，與他人猥褻之行爲或姦淫者，處五年以下有期徒刑。

而刑法第二百四十條則稱：私誘未滿二十歲之男女脫離家庭或其他有監督權之人者，處三年以下有期徒刑。

因而，如果外遇的對象未成年，並且冒然與之在外租屋同居，則其刑罰已非一般通姦罪，也不只是處一年以下有期徒刑。當事者不可不愼。

## 引誘有配偶之人脫離家庭

外遇的對象如果是已婚，又公然的引誘她（他）脫離丈夫（妻子）的家庭，則刑罰也較通姦罪嚴重。

刑法第二四〇條：和誘有配偶之人脫離家庭，處三年以下有期徒刑。

李君已婚，家在高雄，又勾搭上同事王某的太太，引誘王太太脫離家庭，與他一同到臺北來同居，經王某查獲告到法院，證實李君係引誘有配偶之人脫離家庭，得處三年以下有期徒刑。

所幸這項刑法和通姦罪一樣，同屬告訴乃論，只要李君能同王某私下取得協議，和解後王某可以到法院撤銷告訴，李君則不會被判徒刑。

## 配偶不回家怎麼辦

配偶有了外遇後，與第三者住在一起，這時候怎麼辦？法律可否有效的幫助？答案是肯定的。配偶如不履行同居義務，可提出告訴，經判決後如果仍不回來，可以「夫妻之一方以惡意遺棄他方在繼續狀態中者」（民法一〇五二條五款），要求離婚。（如何以此要求離婚，見本書「離婚」部份」。）

可是對多數婦女來說，她們並不想離婚，只是希望丈夫能回家，法律是否能強制要丈夫回來履行同居義務？恐怕很難。當然，妻子可以提出告訴，法院也會判決丈夫必須回家，但卻無權強制「押解」丈夫回到妻子身邊。

唯有當丈夫不回來構成「遺棄罪」時，才有較重的刑罰。根據刑法條二九四條：

對於無自救力之人，依法令或契約應扶助、養育或保護，而遺棄之，或不為其生存所必要之扶助、養育或保護者，處六個月以上五年以下有期徒刑。因而致人於死者，處無期徒刑或七年以上有期徒刑，致重傷者，處三年以上十年以下有期徒期。

但要適用於「遺棄罪」，必須是「無自救力之力」，所謂無自救力指重病在身、嚴重殘廢、精神失常等等，恐怕難適用於一般妻子。因此，想要藉較重的刑罰（六個月以上五年以下）來強制丈夫回到身邊，並不容易。

# 配偶不拿錢囘家怎麼辦

陳君自從認識王女後，卽搬去同王女同居，不僅不囘家，連生活費用也不拿囘來。陳妻同五個小孩，只靠陳妻作點家庭手工，根本不足以維持家用，更不要說孩子的教育費了。這時該怎麼辦？

陳妻可以到法院請求裁決陳君必需給付生活所需費用，法官也會依陳君之所得作適當之裁決。如果陳君收入不少，又頗具資產，陳妻最好能舉證陳君的財產，如此大致可獲得較多的生活費用。

萬一判決後陳君仍不肯給付生活費，陳妻有什麼辦法呢？如果陳君有不動產，陳妻可以要求扣押、拍賣，以此作生活費。可是如果舉不出陳君有收入、財產的實例，那麼，法律也無從強迫陳君拿出生活費，陳妻只有自己想辦法。當然，如果陳妻無自救能力，可比照前述刑法二九四條，讓陳君被判處「六個月以上五年以下有期徒刑」，但陳君坐牢，也不表示可以拿到生活費。

# 如何找律師

要處理複雜的外遇問題，如還牽涉到離婚時的財產、贍養費等等，找一個可靠的律師很重要。如果有熟識的律師自然最好，否前，找較有公信力的律師，大概也較少出差錯。

找律師時，可以先談妥價錢，不要因爲「不好意思」不先談，最後被敲竹槓。有讀者就曾來信反應，找律師辦理離婚，結果前後被敲掉十二萬，婚還是沒有離成。

至於一般律師收費如何，價格可能略有差別，可以多問問，比較再作決定，否則花錢還不能消災，多冤枉。

# 離婚

對於離婚的是非得失，牽涉到的倫理、社會問題，我們在前面已探討過，這裏將不再覆述，只就離婚的法律問題討論。

由於外遇可能導致離婚，離婚自然包括在這本書討論的範圍。因外遇導致的離婚，恐怕絕非所謂「好聚好散」，在這種情況下雙方多半較難心平靜氣的來商議。離婚更涉及夫妻權益問題，當中如財產分配、子女監護、撫養權益、子女教育費用、探視權；贍養費等等，關係到許多繁瑣問題。爲了能對自身權益防護周全，我們建議離婚時不妨找專業律師幫忙，不管是兩願離婚或判決離婚，才能保障自身權益與達成目的。

以下所談，是希望使讀者對離婚先有個概括瞭解，可作爲參考，避免輕易簽下任何往後可能不利於自己的文件。我們重覆建議，如有需要，請找專業律師，以免自己權益受損。

## 兩願離婚

根據民法，有兩種離婚方式，一種是兩願離婚，另一種是判決離婚，以下先談兩願離婚。

兩願離婚，顧名思義，是夫妻雙方面都同意離婚。這種離婚由於出自雙方同意，較少瓜葛與產生問題。讓我們先看看有關兩願離婚的法條：

第一〇四九條：夫妻兩願離婚者，得自行離婚。但未成年人，應得法定代理人之同意。

第一〇五〇條：兩願離婚，應以書面爲之，並應有二人以上證人之簽名。

第一〇五一條：兩願離婚後，關於子女之監護，由夫任之。但另有約定者從其約定。

爲了顧及夫妻雙方可能因一時衝動，找到兩個人當證人簽名，即草草寫下離婚協議書，故兩願離婚要眞正生效，還得到戶政機關辦理離婚的戶籍登記，才算有效。如未前往戶政機關登記，則不發生離婚效力，這點値得當事者注意。

另者要提醒當事者的是，由於兩願離婚十分便利，助長離婚「黃牛」盛行。在報紙的分類廣告上常可見到「五百元離婚、一千元離婚」廣告，如要訴求於這類廣告，得小心應付，才不致吃虧。

本來兩願離婚只要有兩個證人簽名，十分容易，但由於中國人總是勸合不勸分，朋友、親戚、同事，有許多人並不願當離婚見證人，因而有時要找兩個證人，還得費盡唇舌去說服旁人，十分不容易。有的當事人急於離婚，於是訴求於這類離婚廣告。

碰到好的，當然沒問題，對方提供兩個證人，簽名蓋章了事。如碰到不法者，只是以「五百元、一千元離婚」爲誘餌，讓當事者上門後，即以要代辦手續爲由，索求更多的錢（一萬、五千，甚且幾萬不等）。當事者如果順利離成婚，花錢消災自認倒霉。怕的是有的當事者事後後悔，簽字蓋章後又不想離婚，想要拿回協議書，則被百般刁難，不僅原收的錢不肯退還，有的還以離婚協議書來作敲詐工具，當事者爲怕實際沒有離婚，卻在戶籍上有離婚之實，只有任其敲詐。

事實上，如找律師公證以達成「兩願離婚」，也只不過三、五千元，當事者如眞不願驚動親友離婚，找律師公證不失是好的辦法。如要找這類離婚分類廣告，得提高警覺，才不致上當。

## 判決離婚

如果夫妻雙方不肯協議兩願離婚，而有一方又堅持非離婚不可，只好向法院請求離婚，讓法官裁決。

根據民法第一〇五二條：夫妻之一方，以他方有左列情形之一者爲限，得向法院請求離婚。

一、重婚者。

二、與人通姦者。

三、夫妻之一方，受他方不堪同居之虐待者。
四、妻對於夫之直系尊親屬虐待，或受夫之直系尊親屬之虐待，致不堪為共同生活者。
五、夫妻之一方以惡意遺棄他方在繼續狀態中者。
六、夫妻之一方意圖殺害他方者。
七、有不治之惡疾者。
八、有重大不治之精神病者。
九、生死不明已逾三年者。
十、被處三年以上之徒刑或因犯不名譽之罪被處徒刑者。

由上述法條中明顯可見第二款「與人通姦者」，其配偶可以向法院請求離婚。因而夫妻之一方，如不堪忍受對方有外遇，可由此請求判決離婚。唯要以此法條達成離婚，必須檢具通姦之事證，再訴請法院裁決。

檢具通姦事證的方法，前面談如何捉姦時已詳述，在此不再重覆。判決離婚由於條件十分苛刻，要能充份檢據證據，才能達成離婚，可能需要有經驗的律師協助舉證。

所幸七十四年五月二十四日在立法院三讀通過的民法親屬篇，就判決離婚的原因中，多加了一條，規定夫妻之一方可因「重大事由難以維持婚姻」的理由訴請離婚，但其事由應由夫妻之一方負責者，僅另一方有權請求離婚。

「重大事由難以維持婚姻」即可以訴請離婚，比較屬於法官自由心證，較前面規定的十項離婚理由寬鬆許多。對有些陷入婚姻困境，對方又挾持優勢不願離婚的當事人，相信是一大福音。

判決離婚，有時候也可以作爲一種間接方式，來達成兩願離婚。比如說，有些事由不足到能提出告訴，讓法院裁決離婚，但提出告訴，是爲了希望雙方面肯協議，肯好好坐下來談判財產、子女等等問題，如談判完協議成功，再以「兩願離婚」的方式來離婚。因而有時候告到法院並不一定眞要等法官判決離婚，而是希望彼此雙方能達成協議。

舉個例子來說，陳君常對太太拳打脚踢，甚且將太太打得流產、耳膜破裂。陳妻一直希望離婚，但陳君不肯放手。於是，陳妻取得驗傷單，告到法院。陳君礙於面子問題，又不願事情擴大，同意協議後「兩願離婚」，陳妻也撤回告訴。

總之，判決離婚在舉證上需要有說服性，法院才會受理，因而，要以此理由來達成離婚，最好能找一位值得信賴、有經驗的律師幫忙，才能找到有利當事者的證據，讓法官更能秉公處理。舉個例子來說，相信許多人都不知道，以虐待爲由要訴請離婚，丈夫無故毆打妻子，必須以「連續毆打」才能爲法院受理。因此，找律師協助，有許多時候是必須的。

## 兩年的有效期

值得特別提出來提醒當事者的是，依前述第一〇五二條判決離婚的條款裏，第一款與第二款，也卽是㈠重婚罪㈡與人通姦者，對這兩款之情事，民法第一〇五三條有以下規定：

第一〇五三條對於前條第一款、第二款之情事，有請求權之一方於事前同意，或事後有恕或知悉後已逾六個月，或自其情事發生後已逾二年者，不得請求離婚。

也就是說，對重婚罪與通姦罪，如事發後知悉超過六個月，或者已有恕，則不能以此當原因來請求離婚。或者是，自事情發生後已過兩年，也不得以此請求離婚。

因此，如果要以配偶重婚或與人通姦請求離婚，請當事者注意法律上還有時間的限制，以免超過時間即失去此有效的請求離婚理由。

## 財產分配

不管是兩願離婚或判決離婚，都會涉及夫妻財產的分配。

根據民法第一〇〇五條：

夫妻未以契約訂立夫妻財產制者，除本法另有規定外，以法定財產制，爲其夫妻財產制。

法定財產制，是「聯合財產制」，也就是說，夫妻關係存續中取得之財產，如不曾到法院公證其財產的所有人，則無條件屬於丈夫，甚且此財產登記在太太名下，也屬於丈夫。舉個例子來說，陳妻結婚後，與陳君一起辛苦工作，經多年儲蓄，買了一棟房子，陳君爲表示對妻子的愛情，將房子登記在妻子名下，可是由於「聯合財產制」，妻子對此財產並無處理權利，要買賣、過戶等等，都得有丈夫的同意書才行。反過來說，如果登記在丈夫名下，丈夫要處理此財產，法律上完全不需要妻子同意，可自行處理。

當然，「聯合財產制」中，也可以有只屬於妻子的財產，但必須能提出有力證明證實此財產歸妻子所有，通常有下列情況：

㈠證明此財產爲婚前所有。比如登記的日期在婚前自然是很好的例證。這種財產視爲「原有財產」。

㈡證明此財產是贈予給妻方，或因職業關係所取得（可出示工作薪水爲證），這種財產視爲「特有財產」。

除上述「原有財產」與「特有財產」外，夫妻關係存續中，一切財產皆歸夫所有。這種財產制，對妻自然極不公平，因而七十四年五月二十四日，立法院三讀通過新的夫妻財產制，將原條文修正爲：

婚姻關係存續中，爲夫或妻之原有財產，各保有其所有權。而不能證明爲夫或妻所有之財產，推定爲夫妻共有。而如果聯合財產關係消滅時，夫或妻於婚姻關係存續中所取得而現存之原有財產，扣除婚姻關係存續中所負債務後，如有剩餘，其雙方剩餘財產之差額，應平均分配。

這樣一來，夫妻關係存續中，買的房子如登記在妻子名下，則屬妻子所有，丈夫無權處置。登記在丈夫名下，妻子也無權處置。如此，妻子名下的財產才眞正屬於妻子所有，而並非只是名義上所有。

但是在第一〇一九條，則仍然規定夫對於妻之原有財產，有使用、收益之權。但收取之孳息，於支付家庭生活費用及聯合財產管理費用後，如有剩餘，其所有權仍屬於妻。

當事者請一定注意的是，法令以其公佈的時間開始生效，且法令有「不涉既往」的約定。也就是說，七十四年五月二十四日後登記在妻子名下的財產，才屬妻所有，在七十四年五月二十四日以前登記在妻子名下的財產，丈夫仍有處置的權利。當事者請一定注意這點，以免錯誤的以爲新法令對舊有的財產制有效，而致喪失自身權益。

## 夫妻財產制與離婚有關聯嗎

當然有的。本書裏談到的因外遇離婚的情形，雙方通常不是「好聚好散」，一方感到自己受傷害，另一方可能感到被不公允的對待，在這種情形下，財產成爲最實際的保障與爭執的對象，自然影響離婚甚巨。

舊有的夫妻聯合財產制（而且請再次注意，七十四年五月二十四日以前登記的財產，仍屬舊制，妻子名下所屬的財產仍爲丈夫所有）。妻子在法律上既得不到財產上的保障，丈夫如外遇後不顧妻、子的生活，或離婚不給贍養費，妻子完全沒有實際控制財產的能力，等於沒有談判的條件，只能任丈夫予求予取。

## 辦理分別財產的好處

不談外遇、離婚這些問題，就算夫妻感情和諧，分別財產也會使妻子得到較多的保障。比如丈夫經商失敗，如果不曾辦理分別財產，所有婚後財產全歸丈夫，自然得全數拿來還債。如果辦分別財產，妻子至少留有名下的財產，供自己和子女生活之用。

如果涉及丈夫外遇不肯拿錢回家，分別財產至少使妻子有財物養活自己與子女。如因外遇要離婚，妻子有財產，可作談判條件，或至少可自保，無需因爲要向丈夫要求贍養費，丈夫不肯拿出來，致使雙方僵持在那裏。

## 如何辦分別財產

辦分別財產得到法院，填申請書，附財產目錄。讀者可能不知道，除了房地產外，電視、冰箱都算財產，可以辦理登記呢！

辦理分別財產，會涉及稅務問題，因爲原財產屬夫，要辦理給妻子，必須扣贈遺與，如財產數目不小，依贈遺與的累進稅率，可能扣不少贈與稅。値得事前作周詳考慮。

新財產制實施後，最好的辦法，自然是登記前，夫妻商量妥當要用誰的名義登記。最重要的是，妻子要有正確的態度，爭取這項合法權益並不表示不尊重感情，也不表示兩人感情有問題。防患未然，總比撕破臉後喪失權益好吧！

## 贍養費與賠償費

關於贍養費，有一個有趣的例子：一個醫生移民到美國，在美國與妻子離婚，不僅房子、車子都判給妻子，每個月還給付二千五百美金作妻子的贍養費及子女養育費。這名醫生根本負擔不起，只有「逃」回臺灣，在臺灣，強制執行給贍養費，也只不過薪水的三分之一，這名醫生才算負擔得起。

臺灣對贍養費的給付方式，與美國不同，民法第一〇五七條對贍養費有下列規定：

夫妻無過失之一方，因判決離婚而陷於生活困難者，他方縱無過失，亦給與相當之贍養費。

得因「陷於生活困難者」才能要求贍養費，要求贍養費並不是一件輕易的事。如果以我們書中談的主題「外遇」來說，因夫妻之一方外遇，另一方要求以此判決離婚，可以用另一條法條，也即是一〇五六條，要求賠償：

夫妻之一方，因判決離婚而受有損害者，得向有過失之他方，請求賠償。

前項情形，雖非財產上之損害，受害人亦得請求賠償相當之金額，但以受害人無過失者爲限。

要求賠償，最好請求給付一筆錢或房地產等等，而且一次或數次即給清，不要像美國式的贍養費要求每個月給與。因爲對方如到時候不肯按月給付，又得再打官司要求對方給付，十分麻煩。因此，最好是一次拿清，拿清後才眞能「各不相干」。

以上談的是「判決離婚」要求賠償的情形，「兩願離婚」旣出自兩願簽字才有效，自然可以在簽字前談妥贍養費、賠償費等等。

## 子女監護權

離婚後子女的監護權歸誰，我國民法也有很詳細的規定：

第一〇五一條兩願離婚後，關於子女之監護，由夫任之。但另有約定者從其約定。

這與在美國，離婚時常將子女監護權歸女方十分不一樣，相信與中國人著重子女（特別是兒子）繼承姓氏、財產、傳宗接代觀念很有關係。

如果女方堅持要小孩，而丈夫又堅持不肯將監護權給女方，只有提出告訴，證明丈夫撫養小孩不當。但要舉證這類事實而且得到法官認可，恐怕很困難。我們常在電視連續劇中看到，丈夫以子女的監護權作威脅，不肯同意離婚，妻子硬要離婚，最後只有必然的失去子女監護權，再因想念子女而每天以淚洗面。

以上談的是兩願離婚，判決離婚子女的監護權又歸誰呢？同樣的，歸給丈夫，所不同的只是「法院得為子女之利益，酌定監護人」。監護人自然可找對子女有益者任之。

在子女監護權方面，不要隨便簽下任何不必要的承諾，以免後悔莫及。陳妻離婚時，簽字放棄對子女的探視權，往後自然連探視子女的權利都失去。因思念子女，每天鬱鬱寡歡，但在法律上已難以彌補。

## 第三者的權益

## 第三者的財產

不少介入的第三者，因缺乏實質名份，可能感到較沒有保障，或要求與之在一起的情人供給金錢或贈與房地產等等，希望如此才不致「人財兩失」。

對於第三者的財產，只要登記在她（他）名下，自然爲她（他）所有。更由於不受夫妻財產制的影響，屬於第三者的財產，只要已在她（他）名下，即使是情人所贈，情人也沒有權利處分。

唯一得擔心的是，當兩人關係惡化時，情人可能會要收回過去贈與的房地產，這時候第三者得小心收藏印鑑與所有權狀，以免爲情人取得，辦理過戶或買賣。

有一個實際的例子：陳女同有婦之夫王君在一起，王君買了一棟值五、六百萬的房子送給陳女。幾年後兩人分手，王君要收回房子，陳女自是不肯，由於房子登記在陳女名下，王君也拿她無可奈何。

那年夏天陳女到夏威夷玩，王君趁陳女不在，到她房間大肆搜索，果眞找到印鑑和房地所有權狀，立卽將房子變賣。陳女自夏威夷回來，發現「人財兩空」，但由於一切買賣手續合法，也拿王君沒辦法。

## 第三者的孩子

第三者與情人間既無婚姻關係，所生下的孩子要怎麼辦呢？如果情人肯認領，孩子即可以報戶口、用情人的姓。相信許多人在報章雜誌上一定看過，某太太到戶政機關申請戶口謄本，赫然發現，戶籍欄裏由原來的兩個孩子變成三個。回來追問丈夫，才知道第三個孩子原來是在外面與另個女人所生。

情人肯認領孩子，孩子不會成私生子，對孩子來說自然較好。如果情人不肯認領，那麼有什麼方法可以要求，甚且強迫他認領嗎？

有的，只要檢具事實，比如與情人在一起的時間、地點，出示證人證實兩人關係，或拿醫院的血統檢驗證明，到法院要求對方認領，如果證據確鑿，法院會判決強制認領。

不過值得注意的是，要求強制認領非婚生子女並非全無時間限制，過去是五年內可要求強制認領。七十四年五月二十四日三讀通過的「修正後的民法親屬篇」，則延長爲無年限，也就是說，不再有時間限制。

如果第三者不曾要求情人認領，是否還有其他補救方法呢？有的，根據新修正的民法，非婚生子女本人亦可請求生父認領，且此請求權的行使期間可延至成年後兩年以內。

不管是情人自願認領或強制認領，只要經過認領，非婚生子女可享有同婚生子女一樣的權利與義務。這當然包括衆人關心的財產繼承權。

以上提供外遇問題的法律責任，以及因外遇而導致離婚的離婚問題，作者要再次強調，上述資料只供當事者作參考，如需要專業人才幫助，請找可靠、値得信賴的律師。

# 第六章　醫療與性

# 羣體治療

談到外遇的醫療方面問題，我們馬上會發現一個有趣的現象，那就是，與外遇最直接有關的醫療問題，出現在生殖器官方面，而且需要治療時，通常不能只作個別處理，而需要「羣體治療」。

請不要以爲我危言聳聽，故意聳人聽聞，舉實例來說，最簡單的外遇模式，是夫妻間再介入一個單身的第三者，這樣一來，會有三個人彼此有關。再複雜一點，外遇的對象也已結婚，則會有四個人彼此相關。再規模大一點的外遇，可以是一個男人除了妻子外尚有兩三個外遇對象，這兩三個外遇對象如果有的又是有夫之婦，那麼，這個外遇至少牽扯六～七個人在內。

不管是涉及三人、四人、六人、七人或甚至更多人的外遇，透過性行爲的接觸，一些傳染性的疾病很容易相互傳染，根治其中一個或兩個，通常於事無補，因爲由第三個人、第四個人身上，立即又會傳染回來。因此如果說外遇的醫療，需要「羣體治療」，絕非危言聳聽。

## 一人拿三人的藥

在婦產科醫院裏，當醫生證實王太太感染到性病時，王太太並沒有呼天搶地的痛哭，只有眉頭稍稍一皺，說：

「我早就猜到了。」

然後她很平靜的要求醫生給她三份的藥。

這種情形在婦產科醫院裏並不少見，三份藥自然是一份自己吃，一份給丈夫，一份給外遇的第三者。問題是，王太太這樣的忍受能力（她忍受的已不只是精神上的傷害，還包括肉體上傷害），究竟代表著怎樣的意義呢？

## 外遇的證明

外遇中嚴重、會相互傳染的疾病，自然屬性病。性病的傳染途徑大都來自直接的性行爲，如果自己不曾有婚外性行爲，卻由配偶處傳染到性病，配偶有外遇的可能應該是可以肯定的。當然，如果是玩玩就算的買賣性行爲，對婚姻的本質動搖並不大，但如果已是固定對象的外遇，被傳染上性病可以說是最眞確的外遇證明。

不管是丈夫、妻子、外遇的第三者，不管在外遇中扮演怎樣的角色，爲了至少能自我保護，我們呼籲要常留意自己的身體狀況，一發現不對，到醫院診斷，如證實是相互傳染的性病，則應趕快尋求如何「羣體治療」。

以下由常見的幾種性病談起，讓當事者作參考。

## 愛情是短暫的 疱疹是永遠的

疱疹由於尚無藥物可以根治，最新研究出來的藥也只能減輕發病時的症狀，因此被認爲是「永遠的」，而致談疱疹色變。

如果感染上疱疹，男女在患部先會開始發癢，一兩天後長水泡，水泡破後開始潰爛，而且會有疼痛感覺。藥物可以使上述症狀減輕，但卻無從根治，染上疱疹較任何性病都可怕也卽在此。

感染的途徑除性行爲外，不潔的接觸也會傳染，在休息旅館中萬一上一個休息者染有疱疹，立卽又接觸他所使用的器物再觸摸自己的性器官，都有被感染的可能呢！

## 來得快去得快的淋病

感染到淋病細菌，男性三、五天就會顯現出症狀，通常是小便會疼痛，會流膿，吃幾天藥，「來得快也去得快」，很快卽沒事。

對女性來說，淋病卻是潛伏的危險殺手。感染上淋病，通常只是白帶量多，白帶的顏色呈黃色膿狀，因爲症狀並非十分嚴重，很容易被婦女忽視，如此沒處理好可能轉爲骨盆腔發炎或造成淋菌輸卵管炎，使輸卵管內膜閉塞、形成不孕。因而白帶如量多、顏色呈黃色膿狀，最好不要隨便忽視，很多被感染的婦女，終其一生都不知道自己被感染才導致不孕。

淋病嚴重會出現發燒、下腹疼痛、腰痛等現象，必須趕緊到婦科醫院治療。

## 最近傳染較少的梅毒

梅毒最近傳染性並非十分活躍，但仍不可忽視。感染上梅毒，不管男女，三個星期後生殖器及周圍會出現潰爛，不加理會也會自動消失，這是第一期。三個月後會出現疹子，稍後也會自動消失，如不加以醫治，三年後，則感染到肝臟、腎臟、心臟成嚴重疾病，不可不慎。

對懷孕的婦女來說，感染梅毒可能使胎兒胎死腹中，或懷孕早期流產，如生下先天性梅毒兒，孩子會先天畸型。

較完善的婦產科醫院，對懷孕初期的婦女都作梅毒血清檢查，早期發現可以早期治療，不至危害胎兒。如果妻子懷孕，又懷疑丈夫外遇可能被感染性病，最好儘快作梅毒血清檢查。

## 八十年代的性病：披衣菌

被稱作「八十年代的性病」的披衣菌，流行傳染較淋病有更廣泛的趨勢，男性感染到披衣菌，通常沒什麼特別症狀，有時會有一點髒東西（或膿）流出，但不是像淋病那麼嚴重的流膿。女性通常只是白帶較多，使患者不知不覺而不會加以提防。

披衣菌的細菌常與淋病在一起。醫師當成淋病用青黴素加以醫療，則淋病細菌被殺死後，披衣菌就從淋病細菌出來，得再用四環素治療才有效。

由於患者被感染而不自知，很容易造成不孕都還不知道是披衣菌惹的禍。相信很多人會關心，有沒有什麼辦法可以檢查出來是否感染披衣菌？當然有的，從驗血可以檢驗出來。

## 沒有感情的性病

詹益宏醫師稱上述幾種性病爲「沒有感情的性病」，也就是說，只要性伴侶有上述幾種性病，則甚至只作愛一次也會被傳染。丈夫外遇的對象如果在風塵界，而且她還繼續與其他男人糾纏不淸，妻子得對自己的身體狀況多加以注意。通常，白帶量增加許多，呈現較特殊的顏色，比如黃色的膿狀或茶褐色，就得小心。最好的方法是發現不對即找婦產科醫師，讓醫師檢查與治療。

上述性病都會相互傳染，光治療丈夫與妻子並沒有效果，一定得看外遇事件中介入多少人，每個被感染的人都一起來「羣體治療」，才會有效。

## 有感情的性病

詹益宏醫師所謂「沒有感情的性病」，指上述作一次愛即可能被傳染的性病。這種只作一次的性行爲，很可能屬買賣或一時玩玩，不會涉及感情，但另外有些性病，需要與性伴侶長時間接觸才會被感染。這類因有感情與同一人常有性行爲，才會傳染到的性病，詹益宏醫師稱作「有感情的性病」。以下是有關兩種「有感情的性病」。

## 煩人的陰道滴蟲

王妻發現這一向陰道分泌物很多，呈灰色或黃綠色，帶泡沫狀，有惡臭，而且最重要的，陰道和陰部有劇烈的搔癢，癢得睡不著、坐立難安，用手去抓，抓破了仍然很癢。

求助於婦產科醫生，醫生證實是受到陰道滴蟲的感染。造成這種感染，性行爲是最可能的傳播途徑，但無可否認的，有少數的病人被感染，與性行爲不一定有直接關係。

因爲性生活的接觸，男女之間很容易彼此感染，這種感染稱作「乒乓球感染」，治好一方，另一方不曾接受治療，立即又傳染回來，因而，看外遇事件中介入多少人，一起治療是必須的。

## 頑固的念珠菌

臺灣由於潮濕，梅雨季又長，是念珠菌最好的溫床，對喜歡穿緊身衣褲，衣服通風不良的人，更容易感染念珠菌。

念珠菌感染的方式到現在還不大清楚，一般認爲可能由雙手、毛巾、性交、衣物、洗澡水或各種器械傳來。

如果是由丈夫感染到念珠菌，那麼，表示丈夫與外遇第三者一定常有性關係，因爲念珠菌的感染需要長時間的接觸。

感染後的症狀是白帶很多，有些像豆腐渣狀或乳酪狀，外陰部非常癢。要治療念珠菌感染並不困難，但想根治需要連續治療三個月以上。有些患者用藥幾天後，原來的症狀減輕許多，甚至完全消失，以爲好了停止服藥，不久後念珠菌又再度繁殖生長，因而治療一定要根治才不會再犯。

## 症狀輕更要注意

感染到上述兩種「有感情的性病」，即陰道滴蟲與念珠菌，（有的醫生可能不稱此兩種病爲性病），表面上看來較不嚴重，但它作爲外遇的警示燈，並不低於前述「沒有感情的性病」——梅毒、疱疹、淋病和披衣菌。

因爲感染陰道滴蟲與念珠菌，通常需要較長期的性接觸，這表示丈夫與外遇對象常有性行爲，關係自然穩固，而並非與風塵女郎偶一爲之的性行爲，過後雖被染上疱疹、梅毒、淋病和披衣菌，但並不見得兩人間有深厚關連。

因而，對身體傷害較不嚴重的「有感情的性病」——陰道滴蟲與念珠菌，卻可能顯示較嚴重的外遇問題，對婚姻有較大的影響，當事者不可不愼。

# 丈夫的外遇

## 從丈夫性行爲看外遇

從丈夫的性行爲中，可以感覺出他有外遇嗎？答案是肯定的。比如他原來索求不少，卻一長段時間不再找太太；或者勉一爲之，但興趣缺缺、敷衍了事；或突然喜歡各種新奇姿勢；或仍維持原來作愛的頻率，但每回射出的精子量，常顯著減少。（射精後需要七十二小時精子才會回復原來數量，如丈夫沒什麼疾病，突然常常精子量明顯減少，很可能不久前同旁人作愛過）。總之，如丈夫身體不曾有疾病，也沒有情緒上的壓力（跑三點半等等），卻突然間在性行爲上表現與過往顯著的不同，那麼太太就該注意了，因爲這可能是外遇的警示燈。不過，太太請千萬不要多疑，要仔細留意，先確定不是生理或情緒的影響，再考慮外遇的可能。請注意，多疑有時眞會逼使丈夫「外遇」去了。

## 深夜裏的要求

陳君有外遇，不想、也沒有能力再同妻子作愛，但又怕太太起疑。於是常常在公事繁忙時，故意留在辦公室到夜裏十一、二點。回到家後明天得早起的太太早入睡，陳君故意在這時候搖醒太太，要求作愛，太太睡得迷迷糊糊，沒什麼興趣自然加以拒絕。於是，陳君便理直氣壯的說，是太太不要，不是他突然不碰太太。

中國妻子在性行爲方面很少主動，大都是丈夫索求後被動的答應，才讓丈夫有機可乘，製造上述藉口。如果在較開放的國家，妻子會主動索求，先生當時「行不行」，自然一試便知。雖然先生可能有其他理由，比如太累、公事壓力大偶而不行，但總不能像陳君常以此爲藉口。

# 性能力太强外遇去了

王君是一家大公司的小開，事業有老爸照顧得好好的，每天閒來無事，對太太的要求可以是「三餐飯照吃還加上宵夜」，太太對如此頻繁的索求實在受不了，最後性行爲變成苦刑，想不答應，又害怕丈夫到外面找別的女人，十分苦惱不知如何是好。

醫生建議王君多作體力活動，比如運動、爬山等等，或作些心智消耗的工作，比如到老爸公司學學管理經營，總之，不要整天吃飽飯沒事幹，自然不會只想那回事了。

可是效果並不好，王君照樣索求頻繁，最後，醫生教太太偷偷給王君吃藥，才抑止他這麼頻繁的索求，在外遇與讓先生吃點不會有什麼重大壞影響的藥，王妻顯然選擇了後者。

# 陰道整型手術

妻子讓丈夫在性方面不能得到滿足，是否是外遇的原因呢？我們以為，可以是最好的藉口，卻不一定是必然的原因。因為，什麼樣才算讓丈夫「滿足」呢？只是答應丈夫的索求就叫滿足？要像色情電影女主角的表現才能讓丈夫滿足？還是比外遇的第三者較「好」，丈夫就會滿足？

談論這個問題，我們希望反過來討論，也就是說，什麼原因使丈夫感到不滿足？最常見的來自丈夫的抱怨，是陰道鬆弛。林妻自從生了三個孩子後，丈夫經常在外與其他女性有性關係，幾番爭吵後丈夫終於憤憤的說：

「妳的陰道鬆得就像竹筒，我根本不能滿足」。

林妻決定到醫院治療，診斷結果，的確因為生育過，陰道的伸縮逐漸鬆弛。林妻要求作整型手術，但有的醫院以「陰道沒有異常現象，不可以作陰道整型手術」拒絕林妻，最後經朋友介紹，到一家合格、可靠的私人婦產科醫院，圓滿的作了整型手術。

手術後幾個月，林妻快快樂樂的回診所向醫生道謝，她的丈夫果眞不再在外面「亂搞」了。

林妻算是很幸運的，有不少丈夫先以此爲外遇的藉口，之後不管妻子動手術將陰道整型得如何，仍另外找到另一個藉口，比如乳房不夠大、不夠性感，太胖、太瘦。「欲加之罪，何患無辭」的確是最好的寫照。

詹益宏醫師認爲，陰道整型手術只要合格、有經驗的醫生來作，危險性並不大，如果作了眞能挽回丈夫的心，當然很好。怕的是陰道整型手術多半只有「錦上添花」，而無「雪中送炭」的效果，作後卽能使先生斷絕外遇關係的並不多見。

除了動手術整型外，詹醫師推薦一種凱格爾氏（Kegal's）運動，能幫助收縮陰道，婦女不妨從婦產科醫師處學習如何作，常常練習，可使陰道緊縮。

## 寂寞難熬怎麼辦

丈夫有外遇，在外與另個女人同居，不再回來，最開始，妻子通常處在精神上極大的痛苦中，性的需要不見得很明顯。可是時間久後，一年、兩年甚至數年，丈夫都不曾回轉，性需要開始成爲重大的困擾。

臺灣婦女因爲對性感到羞恥，大多絕口不提這問題，但實際生理的需要，如同肚子餓了要吃飯一樣，一定存在。醫生的建議通常是儘量用外在活動來排遣，比如體力的運動或心智的活動，都有助於轉移注意或使身體在疲倦中減低性的需要。

如果不想、不能離婚，我個人以爲，除了醫生的建議外，試試看自己解決行不行，當然不見得滿意，但至少解決一部份需要。其他如找男妓，臺灣並不普遍，而且容易有「仙人跳」式的敲詐行爲，婦女要很謹愼，才不至搞到破財又身敗名裂。

至於因寂寞隨便找個第三者解決，我以爲屬下下之策，如果只因性需要而有外遇，那麼，何不同丈夫離婚，再好好找個適當的人在一起，名正言順的多好！

## 破除三十如狼四十如虎的說法

女人「三十如狼、四十如虎」這種普遍流傳的說法，眞有醫學根據嗎？詹益宏醫師認爲並沒有，差別可能只是在性的接受上。一個結婚女人到三、四十歲，有多年性經驗，知道如何使自己感到滿足，與性伴侶建立起良善的性溝通。這些，都有助於女性在性方面的接受，懂得享受性的樂趣，並非身體眞正起什麼變化，到中年才有特殊要求與特別享受。

因此，婦女不要因丈夫有外遇時自己正好三、四十歲，就主觀的害怕這時候性需要正強，會如何如何。醫生也呼籲，男性不要錯誤的迷信這句話，用異樣的眼光看中年女人，並以身試法，以爲中年女人等著他們去「安慰」，最後一定只有惹上麻煩。

## 心因性陰道炎

前面我們說過，婦女白帶增多、有異味，有各種顏色，可能是感染上性病。白帶因此可說是「丈夫外遇的警示燈」。可是，有些婦女白帶增多，卻並非被先生感染上性病。

王太太到醫院檢查，白帶量十分多，一天內得換好幾次內褲，但陰部並沒有搔癢感及灼熱感，幾經檢查，總查不出病因，後來才知道，原來結婚不久後，先生即有外遇，又不敢向人傾訴，造成很大心理壓力。

醫生診斷，王太太可能因爲精神上的苦惱和不滿，導致自律神經失調而形成卵巢機能不健全，致使白帶的分泌異常增加。

王太太的例子，即非細菌感染的白帶異常，與丈夫外遇有關，卻不是被丈夫感染性病。

## 不斷沖洗
## 不願作愛

陳太太在知道先生有外遇，同另個女人有長期的性關係後，雖然丈夫自知理虧，同外遇對象斷絕關係，並眞正作到不再來往，但陳太太每同丈夫要求在一起，即感到不潔，認爲丈夫也同別的女人作這件事，再回來與自己作，十分齷齪骯髒，最開始還只是沒什麼快感，逐漸的，丈夫一碰到她就感到嫌惡，想去沖洗，洗淨身上的不乾淨。

陳太太的這種情形，在臺灣丈夫有外遇的妻子中極常見，只是程度上的差異，有的嚴重到完全無法接受性行爲，有的勉強接受但毫無快感。原因我們在前章談論心理方面問題時已詳述，在此不再重覆。除了心理方面的問題外，我們以爲，如能不勉強自己立刻接受性行爲，反倒是一段時間後，等心理上肉體上回復需要的感覺，再慢慢試著接納丈夫，或許比較不會引起重大反感。

## 性愛需要學習

丈夫外遇的對象如出自風塵界，太太通常會說：

「那種女人，我們拿什麼跟她比，她們見識過的男人多，懂得各種技巧，我們這些良家婦女，那會那些不三不四的東西。」

風塵女郎在性方面眞有什麼特殊技巧嗎？當然是有的，老鴇們會訓練她們接客的技巧，她們當中也學習過控制陰道的一些方式，讓客人快樂滿足。但這些東西一定是很「特別」，讓太太要感到如此不恥的嗎？

事實不然，不要將風塵女郎高估，以爲她們有一身「特殊」的性本事，才讓男人服貼。事實上，她們會的本事也在人類的生理範圍內，太太們如要學會，也還眞不難。

當然得趕快強調，並非鼓勵太太們去學習這些技巧。但臺灣大多數的婦女，對性被動，無甚興趣，從來不太想到要從中得到樂趣，也是個不爭的事實。我們談性的問題，著眼點並非因爲丈夫有外遇後，太太要迎合先生，才趕快有所改變，學習一些「本事」想法抓回丈夫，而是，就女性本身而言，對性有較多的認識，使女性也從當中得到樂趣，並眞正促進夫妻雙方的性和諧，這不也是女性本身的問題，値得婦女朝這方面努力嗎？

醫生認爲，性得透過學習才能眞正相互配合，達到滿足，並非完全生而知之。這種說法適用於男女兩性，只不過，由於社會習俗的影響，男人較容易從朋友、色情電影、風塵女郎、各種書籍中，得到性的知識，而婦女侷限於社會的、個人的限制，通常視性知識爲下流的東西。當然，從色情電影中得到性知識絕非良策，但在臺灣當前性教育缺乏的其時，如何獲得健康的、有用的性知識，就得夫妻雙方共同努力了。

因而，在現階段，丈夫對性方面可能還需採取主動，我的所謂主動並非只指性行爲，而在性知識的教導上。丈夫如有耐心，肯指導太太，相信彼此間達到良好的配合並不困難。不幸的是，臺灣現階段的不少丈夫，並不願花精神來指導太太，他們寧可一面抱怨太太不行，一面又心裏暗自安慰——因爲太太的「不行」表示太太很貞節，再到風塵女郎或外遇對象那裏尋求滿足。

鼓勵作丈夫的在性方面指導妻子相互配合，是我們共同的期望。

## 不要假裝

婦女要學習性方面的配合並不難。首先得排除心理障礙，不要認爲性是羞恥、不潔的，也不要以爲妻子一定得在牀上表現對性毫無興趣，才是個貞潔的好妻子。少去這層心理障礙，要自身學習性的配合，或等著丈夫的指導，就容易多了。

相信有一段時間有性經驗的婦女都知道，有某一種姿勢、或某一種愛撫、作愛方式，特別容易使自己感到舒服。如還未曾對自己的身體有較多瞭解的婦女，不妨作作各種嘗試，發掘自己身上的特點。

在這個彼此嘗試的階段，我們要強調，作太太的千萬不要爲取悅丈夫而假裝，明明自己沒什麼感覺，卻故意表現得很刺激。

因爲如果妻子假裝，丈夫根本無從知道妻子眞正的感覺，旣使他有心與妻子配合，也會錯誤的以爲這樣作已使妻子很滿意，而不會再進一步謀求眞正的配合。如此很可能丈夫努力表現，卻白費力氣，妻子對丈夫的拚命努力並不曾實際受惠。

正確的作法應該是與丈夫一起嘗試，彼此試探，找到眞正彼此滿意的方式。請不要忘了，假裝會整個斷絕溝通與配合的可能。作太太的並非只賣一次，務必使對方滿意的風塵女郎。僞裝對建立在眞正的溝通與配合的夫妻性關係，只有壞處而不見好處。

當然，不鼓勵妻子僞裝並非要太太對丈夫的努力毫無反應。將妳眞正的滿足與快樂表現出來，會促進更美好的性關係，絕對無庸置疑。

## 妻子的外遇

現階段的臺灣婦女，除了少數觀念、思想較開通外，絕大多數的婦女在性方面仍持留相當保守的心態。因而妻子的外遇通常不是以性作出發點開始，而是由感情上的愛慕產生。這種感情上的愛慕當然大部份會進到有實際的性愛，但另一方面，妻子又不能不履行同居義務的，仍然得接受丈夫的性行爲。處在兩個男人間都有性關係是「不潔的」這種想法，常在妻子身心上造成相當的困擾。

一般男性則不然，他們因著社會觀念養成的炫耀心態，以跟多數女性有性關係爲榮，並以此誇耀自己的性能力。以上這些特徵，在西方婦女中有所見，在現階段的臺灣婦女身上仍不常見。因而，妻子的外遇在性方面，通常不會像丈夫的外遇那般自由與享受，感到自己是「不貞的」，仍困擾許多有外遇的妻子。

## 回家先洗澡

陳君長期以來一直感到妻子不太對勁，上夜班的妻子通常十一點鐘就會回家，可是有幾回，妻子回來已是深夜兩點。陳君藉機到妻子工作的地方，常撞見妻子與一男性職員有說有笑。嚴加詢問，妻子每回解釋只是同事，工作在一起不免開開玩笑。

有一回妻子又遲歸，陳君等到夜裏兩點，妻子才回來，早懷疑妻子的陳君拉住她要求作愛，妻子慌忙將他的手甩開，直往浴室衝，說她剛從外面回來，要先洗個澡再同先生燕好。

陳君拉住妻子不放，追問爲什麼非先洗澡不可，兩人發生嚴重爭吵，妻子最後承認，她的確另有情人，就是公司那男職員，兩人剛在外面幽會，自然也作了愛。

陳妻洗澡的動作，充份反應出妻子的外遇中對性的看法。當然最主要的，陳妻由於缺乏足夠的生理知識，害怕丈夫同她作愛中會發現她剛同另個男人燕好，因而趕快要先去沖洗下體，以消滅證據。

事實上，陳君有辦法從妻子下體的分泌物中，辨認出她剛作愛過嗎？事實上並不容易。當然，如果妻子作愛完馬上回家，而且作愛完後並不曾沖洗，尙留在體內的少部份精液，也許會有味道。小心一點的丈夫，或說已在懷疑的丈夫，會感到不對，但除非去化驗，也無法由此推斷妻子剛與另個男人燕好。

更何況，如果已作愛過一段時間，而且作愛完後沖洗，要分辨出是男性殘留的精液，還是女性陰道自然的排出物，就更不容易了。如果婦女一向有較多的白帶，或接近排卵期白帶量多，相信丈夫不可能靠下體流出來的分泌物來判斷妻子的不貞與否。當然，專業人員，比如婦產科醫師或檢驗人員，從多方面跡象，會看出端倪。

可是陳妻爲什麼非要洗澡不可呢？前述說的要消滅她以爲會留下來（事實上並不盡然）的證據，當然是原因之一。另外，由心理上分析，陳妻同另個男人（而且並非配偶）燕好，心理上總有著罪惡感，藉著洗澡，洗去污穢，洗去那個男人留在身上的痕跡，陳妻才有能力再來接受丈夫求歡。洗澡的過程因而如同將自己換了一個人，使自己又有個新面目、乾淨的開始。陳妻這種心理應該不難了解。

陳妻如果不堅持去洗澡，丈夫難道就不知道她剛同另個男人燕好嗎？當然不見得，丈夫也許不能從下體分泌物分辨出她是否剛同另個男人作愛，但從陳妻的神情、反應，應該不難看出端倪。

就陳妻而言，洗過澡後，她眞就能接受丈夫嗎？或者說，不洗澡，她也可以繼續第二次作愛嗎？事實上，洗不洗澡只有心理上的差異，並不影響作愛，因爲女性在性愛的過程中，生理上處於接受的地位，她不像男性得勃起才能作，剛作一次愛，再讓丈夫進入、被動的接受丈夫，可以作得到。可能毫無快感或甚且感到疲倦，以及，如果不久前剛同情人作過的那次讓她有高潮及眞正的快感，同丈夫這次會有種種不適，諸如疼痛、痙攣等等，都有可能。但根本上說，陳妻在極短暫的幾個小時內接受兩個男人，當然是可能的。

## 跟本不能作

林妻在扮演一個有外遇的妻子的角色，與陳妻就有所不同。前述陳妻夾在丈夫與外遇的第三者之間，在性方面並不曾出現嚴重問題，如果不是那次剛同情人作愛完回家，丈夫馬上接著要求，陳妻因堅持要洗澡讓丈夫懷疑，最後爭吵中坦白承認，否則丈夫懷疑歸懷疑，要從性上證實陳妻與第三者來往，並不容易。

林妻就不是這樣了。看一家小店的林妻，自從與常來送貨的小王有了性關係後，發現與丈夫在一起時十分困擾，有時候，甚至陰道緊縮，丈夫很難進入，而且情形有越來越嚴重的趨勢。

林妻深愛小王，小王也願意等林妻離婚後娶她，但林妻考慮到三個孩子的問題，遲遲不敢向丈夫提出離婚的要求。丈夫不知妻子有外遇，例常的要求妻子履行同居義務，妻子也不能拒絕，但卻常陰道痙攣，作愛時感到疼痛。

詹益宏醫師稱這類痙攣與疼痛叫「陰道代爲拒絕」，也就是說，林妻與小王有深厚感情、愉快的性經驗後，林妻本著女性對愛情的執著，自然只希望與小王一人發生性關係。但礙於孩子的問題難以解決，恐怕離婚不成，林妻不敢同丈夫表白，只好繼續履行同居義務，與丈夫有性行爲，但事實上她完全不想同丈夫作愛。最後，林妻的這種心理狀況影響到生理，每回與丈夫有性行爲，林妻一定陰道緊縮、痙攣，丈夫很難插入。越難插入越要強行插入，越引發疼痛，越疼痛就越難插入，如此惡性循環，最後丈夫完全無法插入。

醫療的方法當然只有從根本上的外遇問題著手。林妻要解決性方面的這種異常反應，就得解決她與小王、丈夫間的三角關係，如何選擇除了由林妻自己考慮諸多問題外，可以參考前面幾章的討論，可以有所助益。

## 不能比較不同的男人

有一種相當普遍流傳的說法，用以強調男人在外有外遇對家庭影響不大，在性方面多一人只是增多一些樂趣，可是女性有外遇，萬一外遇的對象在性方面表現很好，女人經過比較，往後再難從丈夫身上得到眞正的滿足，婚姻一定會出問題。

這種說法似是而非，表面上看起來有點道理，事實上不見得如此。舉例來說，現階段婦女有婚前性行爲，而且對象不是往後結婚的丈夫並不在少數。如果依照前述說法，則這類女性因婚前同另個男人作愛過，如果男朋友比丈夫會作愛，便再難與夫丈有和諧愉快的性關係，這種說法，未免太過武斷。

醫師先質問：什麼樣才算男人會作愛？是作得持久些？生殖器官較大些？動得快些算會作愛？還是很會愛撫、注意情趣算會作愛？事實上每個女人的需要、喜好並不一樣，如何界定一個男人會作愛並不容易。而且，作愛同心理上的感受極有關聯，女人感覺中男人怎樣讓她們感到很多，恐怕與時間、長短、速度等等這些統計數字不見得有決定性的關聯。

當然，如男方有缺陷，比如無能、早洩，這類實際問題，歸女自然不能得到滿足。但就一般正常男人而言，比較誰會作愛，並無多大意義。

至於女人有外遇，有情人後有所比較，難再從丈夫處得到滿足，恐怕心理因素佔相當重大原因。女性既愛上第三者，而且一般來說女性對愛情較執著與專一，根本上可能就不願再同丈夫作愛，自然難有樂趣。這種情形如果外遇三角關係得以解決，相信也能解決。

萬一外遇第三者眞是太行了，而丈夫又實在不行，妻子又無法離婚同外遇第三者在一起，可參照前面談丈夫的外遇章節中，妻子如何與丈夫在性行爲配合，慢慢學習改進。請相信，性能力的差別並不是絕對的，人生除了性外，還有各種層面各種東西値得珍惜。王妻有外遇，關係持續數年，都不曾被先生發覺。

## 到底是誰的小孩

王妻的外遇對象陳君也結婚有家室，王妻知道陳君仍與太太有性關係，陳君也知道王妻不能不履行與王夫之間的同居關係，因此王妻與陳君兩人相安無事，久了後，兩人還可以相互比較與配偶的性關係，作爲談笑話題。

不幸的是王妻發現自己懷孕了，上一個月裏，王妻同時與王夫、陳君都有過數次性行爲，一時之間，眞不知道孩子是誰的。

上述例子，常發生在「妻子的外遇」中，而且造成很大的困擾。要推斷孩子究竟是情人或丈夫的，有下列推算法：

一般而言，婦女排卵期大約在下次月經來前的第十四天，可是可能提前，也可能延後，在月經來前的第十四天前後，看看與誰在那段時間內發生性行爲，孩子便大致是誰的。

以上述例子來說，王妻月經應該在二十號來，往前算十四天，四號大概是排卵期，在四號前後與她發生性關係的，大概就是孩子的父親。

但月經該在幾號來呢？除非月經週期規則，否則很難有確定的日期，只能以一向的週期來推斷。而且，由於精子能活三日，因此，王妻的排卵期雖是四號，但如二號與人作愛，精子留在體內活三天，仍可能受孕。排卵後，卵可以活一天，四號算排卵期，到五號都還有機會受孕。依此推算，則王妻二號到六號與她作愛者，可能是孩子的父親。

比較麻煩的是，如王妻三號與丈夫作愛，五號與情人作愛，到底誰是孩子的父親，就無從推算。甚且一號與丈夫作愛，六號、七號與情人作愛，由於王妻月經週期不是十分規則，也無從知道孩子的父親是誰。

最理想的當然是，王妻在一號到八號間，只同丈夫或情人一人在一起，自然不會產生混淆。

以上推算只是給婦女作參考，確實可靠的推算，還是請找合格、有經驗、信得過的婦產科醫師，以免因自己錯誤的判斷而出錯。

如果從排卵期無法推算孩子的父親，可在生下後去驗血，驗血可由血型推算孩子的父親不是誰。（請注意，只能推算出孩子的父親「不是」誰，而不能一定說孩子的父親「是」誰）。

為避免造成諸多不必要的困擾，我們的建議是，妻子有外遇時，最好不要懷孕，以免有時明明是丈夫的孩子，丈夫因知道妻子外遇，心中總排除不掉孩子不是他的陰影，不能善待孩子。

有的妻子還可能面對更大的難題，那就是：如果是情人的孩子，想生下來，丈夫的孩子，則想拿掉，卻因無從知道孩子究竟是誰的，徘徊在墮胎與否之間痛苦萬因此，最好等到外遇的三角關係有清楚的決定後再懷孕，在這段期間，作好有效的避孕，以免徒增困擾，絕對是很重要的。至於有關避孕問題，可參考下一節「第三者」中談到的避孕知識。

## 來自丈夫的性強暴

陳妻工作能力極強，作到小主管，丈夫幾年來事業上卻一直不順，陳妻與上司由於長期接觸，兩人相戀起來。

陳君知曉太太有外遇後，苦苦相勸太太看在子女的份上，回頭是岸。陳妻抵不過親情的召喚，辭去工作換到另家公司從頭開始，自然也同外遇對象斷絕關係。

陳君卻一直心理無法平衡，每回有性行爲，即刻意表現「男性」作風，要在牀上壓倒妻子，陳妻都默默忍受下來。有一回陳妻加班深夜回家，丈夫又提出要求，陳妻又累又倦加以拒絕，結果丈夫用強，毆打太太後再加以強暴。陳妻自覺以往作錯理虧，只有流著眼淚忍耐。

沒料到丈夫一次得逞，以後則專挑妻子不想有性行爲時，加以強迫要求，陳妻一拒絕，丈夫即拳打腳踢，體力上陳妻敵不過丈夫，只有就範，但卻視性生活爲畏途。

太太有外遇，先生將心中的不滿發洩在性的凌虐與強暴上，時有所聞，有的先生不到強暴太太的地步，卻故意加長性行爲的時間，或變換奇特的花樣，或要求次數頻繁，故意在性方面「整」太太，要讓太太不好過，另一方面也表現出自己的男性尊嚴，能「壓」倒太太。

要避免這種性壓迫，婦女可以以月經來作藉口，許多男人通常不願在女性經期作愛，或者，可以說給醫生看後發現有點發炎，最好暫時中止性行爲。不過，如果丈夫仍要用強，或根本不管太太死活仍然要求，什麼理由與藉口都沒有用，只好從丈夫的心理建設與溝通作起。

# 第三者

第三者在外遇的「醫療與性」關係中，通常處在明處，也就是說，第三者除非受騙、被隱瞞，否則一定知道在一起的情人已有家庭，有太太小孩，也多少猜測得出情人還會同他太太有性關係。對此，很多第三者可能心裏極不是滋味——明知道與人分享一個男人，還無從爭議，有時候可能感到自己不如太太，因為太太不知道有人分享丈夫，倒是福氣。

## 故意要求很多

有些第三者會有這種看法：讓情人在自己身上得到足夠的滿足，情人自然不會回家找太太。因而主動要求或多方暗示，總要情人把性方面的能力，全用在自己身上。

如果太太已知道先生有外遇，或者兩人已分居，或者仍住一起但先生不常回家，第三者這種作法當然沒什麼問題。但如果太太還不知道先生有外遇，先生得小心翼翼的隱瞞外遇事實，還得應付式的繼續同太太維持作愛的關係，第三者再有此要求，先生可能只有「應付不暇」了。

過多的性有損健康應該是可以確定的，當然，怎樣才算「過多」的定義並不容易下，也不要隨便聽信江湖郎中的什麼「腎虧」、「敗腎」的說法。但如果第三者珍惜與情人的關係，並想長期維持這種關係，讓情人在性方面疲於奔命，自非良策。

當然有人會說，男人沒有力氣，要他作愛也辦不到。但像性愛這種與心理有密切關聯的事，爲了取悅第三者，表現自己的男性魅力，而致有過多的性是可能的。

## 不會只要一方

除非與太太已感情惡化，彼此憎恨，很多先生與太太之間仍會維持性生活，當中有幾個重要的理由是：先生害怕太太一當性得不到滿足，也「偸人」去了；先生覺得太太仍是他的，自然偶而仍要享受一下；享「齊人之福」是男人的夢想，有了情人再加上太太。一箭雙鵰的滋味許多男人都想嘗試。「變換口味嘛！」他們說。

如果太太還不知道先生有外遇，有些先生在自覺愧疚下，初期會在性方面更努力的討好太太，太太能察覺先生的外遇，因爲先生突然在牀上熱情起來，而且開始變換花樣。不過要強調：先生在牀上開始活潑起來，並非一定是外遇的徵兆，可能只是受色情電影或其他因素影響，太太們不要過度疑神疑鬼。

大多數的第三者知道情人仍與太太在一起，雖然心裏不是滋味，仍會默默接受，就像她們接受一份不完全的愛情一樣。不完全的性造成的傷害對第三者來說，比起不完全的愛情通常無足輕重。何況，第三者是「新來者」，她們不像作太太的已是丈夫相處一、二十年的黃臉婆，第三者在性方面因爲新鮮，在一起時間尙短，通常能扮演贏家的角色，在性方面予求予取，性問題不太是第三者的問題。

第三者並非柴米油鹽的每日生活，在性方面，更容易提供浪漫的幻想，聰明的第三者以此爲利器來掌握情人，常能勝利。

另一方面，由於缺乏婚約關係，外遇的第三者如在性方面得不到滿足，很可能彼此好聚好散的分手，了無牽掛。

比較值得提出來討論的是，有些外遇的關係純粹建立在性上，這種外遇關係一當第三者不再新鮮、有趣，很快就會被拋棄。

陳君對性的需求不小，他能每天作，他最理想的性的頻率是隔天一次。陳妻對性並非不喜愛，但隔天一次實在太頻繁，感到受不了。陳君在屢次被拒後，改向外面發展，得到樂趣也解決需要（陳君像任何一個男人，回頭仍要妻子）。

差別只是，隔一段時間後，陳君對第三者開始感到厭倦，找到機會，即再交往另個女人，將原來的女友拋棄。這種建立在性的外遇，第三者很容易一段時間後即被拋棄，要多加小心。

# 墮胎合法化

爭執許久的墮胎合法問題，終於在七十三年十月於立法院三讀通過，完成立法的程序，依據優生保健法第三條「有醫學上理由足以認定懷孕後分娩有遭致生命危險或危害身體或精神健康者」，以及第六條第一款，「因懷孕或生產影響其心理健康或生活者。」

如此，只要懷孕會造成身體或精神健康，即可沿用此法案墮胎，有配偶的要經過配偶同意，未婚的成年婦女，可以逕行前往要求墮胎，如未成年，需要父母、監護人同行才可以。

衞生署並有所謂「衞生署指定優生保健醫師」，會發給證書，持有此證書的醫生，得將證書掛在診所明顯處，讓病人很容易辨認。婦女如需要墮胎，找有衞生署發給證書者，大概錯不了。

不過，有些老牌、有經驗、有權威的婦產科醫師，可能不屑去申請這個證書。

因而如碰到婦產科權威、醫學院名教授，居然沒有這張證書，可以不必懷疑他們的能力，他們只是不願申請罷了。

市面上最近會看到這種醫院，將「衞生署指定優生保健醫師」幾個字，用霓虹燈處理，作的招牌比醫院本身的名字都還大，這類醫院的醫師合格沒錯，但總令人感到醫師好像專作墮胎一樣，有些怕怕。

如不找開業醫師，可到各公私立大醫院，只要條件符合，大都沒什麼問題，也不用操心是否碰到密醫。

至於價格，三個月以下可能在一千塊到五千塊之間，收費各有不同。詹益宏醫師有個有趣的比喻，他認為墮胎醫師的收費像美容院的收費一樣，有的美容院洗個頭作頭髮要五百塊，有的五、六十塊也可以打發，婦女為什麼肯付這種差別價格，因為覺得值得，覺得這樣作比較好。墮胎也一樣，婦女付多少錢，買到的，也是自己覺得值得與安心。

當然為避免漫天要價，找聲譽好、合格的、可信賴的醫師十分重要，免得醫生一下子要打不需要的營養針，一下子又是什麼一個星期要換幾次藥等種種理由，使墮胎費用節節升高。事實上，除非情形特殊，打營養針對一般健康的婦女並不需要。換藥換個一、兩次也就差不多了。

要特別注意的是，如果墮胎後，陰道分泌膿狀的黃色白帶，而且有發燒、下腹部疼痛、腰痛等現象，很可能是受到細菌感染。因爲手術後沒有保持淸潔，這個時候一定得再回去看醫師，接受治療，以免惡化有生命危險。

## 未婚媽媽

萬一外遇的第三者懷了小孩，情人又不肯負責，甚至避而不見，或舉家遷走，怎麼辦呢？

求助於父母兄弟姊妹、親戚、朋友，都是好的方法。如無處可代爲解決問題，或因故不能讓家人知道，以下「未婚媽媽之家」可以提供幫助：

天主教未婚媽媽之家，臺北市中山北路一段二號九樓九〇七室（02）311-0223

或者也可以找第八章所列的幾個務服機構，尋求幫助。

# 第七章　女性的成長

## 家庭主婦

徐愼恕女士，東海歷史系畢業，美國羅德島大學進修，純粹是個家庭主婦，也兼作「婦女新知」的社委，如同她自己所說：「我不是天生的新女性主義者，我是漸進的，由一個傳統的，自我認識混沌不清，對自己爲女人、爲妻、爲母的角色不是眞正了解的情況，先以爲自己是丈夫養護的女人，一切以依賴丈夫爲職志的大原則之下，時而滿足，（在丈夫稱讚，疼惜或對我表示愛的時候），時而憂傷（在以爲丈夫不愛我的時候），時而和順，時而爭吵，非常情緒化，情緒上相當混亂，不能眞正愉快的身處婚姻中，然而一步一步靠著外在的幫助和內在的反省，慢慢地眞切了解自己是一個甚麼樣的人？我的長處在那裏？我的短處在那裏？甚麼樣的傳統觀念適合今日工商社會的需要？甚麼樣的觀念阻滯我的進步？甚麼樣的作法可以增進人與人之間的溝通？經過十一年的努力，我還是一個純粹的家庭主婦，可是我是一個從心底不和丈夫爭吵，不分你我，心中踏實的快樂而健康的人。」

徐女士代表的，可說是很典型的一個現代家庭主婦，作爲她的好友之一，我眼見著她走過一條漫長的道路，達到今天有的自信、自足與快樂，這一段心路歷程，對許多婦女朋友，相信會感同身受，因而，讓我們來看徐女士的掙扎與蛻變過程，相信婦女們可以從中得到最切身的助益。

## 問自己的幾個問題

作爲一個家庭主婦，要在這樣變遷快速的時代中找到自己的定位、找到屬於自己的價值，實在十分不容易，徐愼恕女士由幾個基礎問題開始，找尋屬於自己的回答。

她說：「我最先探索的一個問題是世界上的女人這麼多，我又不是最漂亮，又不特別有才能，爲甚麼我的丈夫非愛我、非和我生活在一起不可？因爲我們已經有了一個孩子，而不可以離開嗎？因爲兩家人已經混熟了而不能離開嗎？爲了種種其他道德的、社會的原因，而必須生活在一起嗎？煮三餐，整理家事，生孩子，是每一個正常女人都會做的事，我一定比她們做得更好更出色嗎？結婚以後，我常常自問，我自已有甚麼地方值得他愛，值得他傲的呢？

我思索的第二個問題是：我的母親，有六個小孩，煮一頓飯至少要花兩小時，縫補不完的衣服，做不完的家事。今天我只有一個孩子，衣服是現買的，三餐是麵包、飯盒與瓦斯爐。我多出那麼多的時間，我要幹甚麼？插花、跳韻律舞，讀鴛鴦蝴蝶的小說，不是和古時候被鎖在深閨，只能做綉花、納鞋底、剪紙這些熟能生巧，不必太花腦筋，而又無甚深度，只能打發時間的工作一樣嗎？如果我現在只去插花，跳土風舞，畫國畫，寫大字，我不是故步自封，思想生活永遠停留在非常膚淺的表層嗎？我要和從前的婦女一樣，繼續過不用大腦的半盲的日子嗎？

我經常思考的第三個問題是：爲甚麼許多因愛而結合的夫妻，幾年之後，生活變得平淡枯燥，相對無言？爲甚麼會爭吵，打架，反目成仇，互相傷害？甚而離婚，出走？爲甚麼有那麼多外遇的現象，和問題兒童、問題青少年的產生？

我思索的第四個問題是：何謂賢妻良母？農業社會與工商社會有那麼大的區別，賢妻良母的定義是否要重新探討和界定？文盲，雙足殘跛，也就是身心受迫害，不健康，不眞正快樂的女人，會眞的是賢妻良母嗎？從前的觀念，眞的適合現代嗎？過去那種沒有獨立思考能力，沒有理性判斷能力，不會表達感情的傳統婦女，眞的是賢妻良母嗎？

我更經常思考的問題是：我年老之後要怎麼辦？我要不要和孩子住在一起？要扮演一個怎樣的婆婆？假設有一天，我必須單獨生活，那我該怎麼辦？」

由思索這些問題，徐女士找到自己要成爲一個怎樣的女人，並建立起自己的生活方式、與丈夫的相處之道（說得直接一點，怎樣和丈夫有較親蜜的感情關聯、和諧的性關係），以下是徐女士摸索出來的結論，値得婦女朋友參考。

## 我愛我自己

徐女士強調，在她尋找出路的時候，她寧可「反求諸己」，先從自己檢討起，而不要一味的去苛求別人，因爲從自己作起容易，要求別人通常很困難。要如何開始自我成長，徐女士以爲先確立自信心很重要，她提出「家庭主婦的工作是職業」

的觀念。

徐女士說：「我所以提出主婦工作是職業的觀念，是要提醒主婦們，不要看輕、忽視自己已經分配到的工作。

社會民族的進步健康，國家聲望的提升都和家庭主婦有直接的關係哩!!我看到很多主婦太不看重自己的工作，廚房、厠所、客廳、臥室全都髒、亂、臭、汚。做事懶懶散散，得過且過，廚房還沒擦乾淨就要去跳韻律舞。馬桶蓋破了，不修就要去插花。自己一本書也不看，卻在那裏責罵孩子不讀書。我們要孩子守時、守規、守分、自己也應該如此啊！我們要孩子勤勞、惜物、認眞，難道自己就不要了嗎？要孩子獨立，正直、有判斷能力，那麼自己呢？

我給自己建立一個非常積極有效的新觀念：家事是我們純粹家庭主婦的職業，我非常幸運地在這個繁雜、忙亂的世界中，可以與我的丈夫分工合作。我非常堅強，我學開車，學打字，學修水電，學社交活動，我要在精神上和體力上實際分擔丈夫的負擔。我學習許多溝通的方法，非常自然、非常愉快地要成爲丈夫最信賴、最知心的好朋友。」

# 用愛心來學習

能對自己的家庭主婦工作有健全的認識，作起來相信會事半功倍，除了料理家事、相夫教子外，徐愼恕提倡婦女多方面的學習。

「我非常廣泛地閱讀社會消費者權益及女性運動的書籍。我更抽出時間去聽演講，參加座談會，實際加入社會義務工作的行列。我還和許多有智慧有愛心的女人組成一個「婦女成長團體」，我們不定期，不定人數，一起探討生活上的種種困難與問題。我們更討論新觀念的建立與新知識的吸收。我們學習用理智和愛去面對自己和我們所接觸的人。我們非常努力地去接受不斷變化的新世界、新潮流與新問題，我們更不斷內省，了解我們自己，和認識自己，改造自己。」她說。

她認爲除了自身的修養外，還有兩個很重要的工作要做，那就是：文化的傳遞和社會工作的參與。

文化的傳遞就是以家做爲文化活動的場所，而且應該由主婦來領頭。一個喜歡看書的媽媽，孩子們一定喜歡看書。媽媽看的書越有深度，孩子看的書也越有內容。有許多婦女到現在還只看言情小說、電視週刊等，用以打發時間，那根本談不上給孩子的影響。眞正的好書，應該可以培養氣質，改正觀念，提供新知。主婦們千萬不要故步自封，自我侷限，要多方面接觸好的書報和雜誌。花一套新衣服的錢，可以給自己和孩子們訂好多份有關文學、藝術、科技及社會的雜誌，擺在家裏，孩子們沒事隨便讀讀，日積月累，他們的腦子裏就充滿了各種不同的知識。

媽媽更應該帶著孩子參加各種藝文活動，有時去看看平劇，有時在臺下看看野臺歌仔戲。各種民俗活動，國內外來的音樂、舞蹈劇團，只要金錢、時間許可，特別是寒暑假期間，看看畫展，逛逛書店……。多少媽媽給孩子買最好的玩具，最好的衣服，卻忘了給他們最可貴、一生一世用不完的文化的財富。

社會工作的參與是愛心表達的方式之一。主婦們在家事之餘，至少一定要加入一個社會團體：揷花、繪畫、土風舞、韻律班或合唱團等，但是今天起，我們要求各種班的老師除了教主婦種種技藝、運動的課程之外，每隔一段時間一定要爲參加的學員舉辦各種演講或座談會、知音園地、婦女新知的婦女團體等組織，從事積極推動婦女認知的活動。從認知的活動中，主婦們可以了解社會問題、國際現勢、婦女的處境、兒童心理、丈夫的需要、人際關係、家庭布置等等新的觀念和有效的作法。又透過團體的力量，去參觀孤兒院、養老院，大家一起做義工，關懷大衆，認識問題。認識的東西越多，心胸越寬大，參與社會的結果是把更多的愛帶回家裏來。

## 用智慧來生活

「藉著全家人一起參加的文化活動，夫婦的接觸和感情定會更接近一些。許多結了婚的夫妻，雖然同在一個屋簷之下，但是各管各的，除了偶爾去看望長輩、拜訪親友或郊外踏青之外，共同活動的項目眞是少之又少。許多夫妻那麼無奈，道義似地過生活，實在是有原因的。主婦們多看有深度的書報雜誌，參加各種文化活動，一來談話有內容，二來對人生的看法和各種價值觀念會改變。人快樂起來了，婆媳之間的問題可以用智慧來解決，夫妻的感情也增加了，教育孩子更不用說，以身作則，孩子也浸潤在文化書香之中。」徐愼恕說。至於最頭痛的婆媳問題，徐女士說：

「我覺得所有做婆婆的一怕媳婦不愛她的兒子，二怕兒子丟棄她。

針對第一點，那我們就努力來愛她的兒子，讓她放心。第二點，讓她感到她沒被丟棄，換句話——愛她。但媳婦們又怕婆婆給寵壞了，會處處要用不合時宜的作風來干涉家務，怎麼辦？假意的愛，婆婆感覺得出來，那她就要故意刁難。可是她有那麼多的缺點，又固執，又挑剔，又不明理，又……，叫人怎麼愛她？現在我們想一想，我們的媽媽是不是別人的婆婆，妳希望你嫂嫂和弟媳怎樣對待妳母親，那也就是妳自己怎樣對待婆婆的態度。再進一步，妳希望妳的媳婦怎樣待妳，妳就怎樣去待妳婆婆好了。

我們人有個毛病，自己什麼都不做，卻期待別人做。人人都這樣，難怪人人都呆坐著生氣、吵架。事實上，對孩子，對丈夫，對婆婆，對朋友的方法都是一樣的。把丈夫、孩子和婆婆都當做朋友，站在遠一點的距離看和他們的關係，了解自己，調整自己的過錯，把成見丟掉，不要總看到自己的好處，而看別人的壞處。今天起，我們開始看自己的缺點，而拚命找出婆婆、孩子和丈夫的優點，然後開口稱讚他們，一個星期之後，妳會看到一份很令人驚喜的現象。」

## 夫妻之間把愛表現出來

相夫這個大工作中的第一原則是：「主人不和奴隸談戀愛。」因此心理上我們最主要是擺脫被養的感覺。我們沒有被養，我們是和他分工合作，他賺的每一分錢都是我幫著賺來的。

第二個重要的原則是要把愛表達出來。很多女人都非常不甘心、不願意向丈夫示愛，因爲她們覺得（從前的我也是這樣。）

一、我的犧牲已經太大了。其實我們要知道，丈夫也在犧牲，簽了結婚證書之後，他也在爲了家而工作啊！更何況，實在沒有人叫我們犧牲。爲什麼孩子和丈夫不吃高麗菜，妳就不爲自己買呢？爲什麼他不去看電影，妳就八、九年都不去看一部呢？爲什麼妳不爲自己添件衣服，買管口紅呢？

二、我好不幸，嫁了一個不理想的丈夫。女人常常認爲自己盡心盡力在爲一家人犧牲，當然會覺得自己好偉大，好努力。相反的卻拚命看丈夫的缺點：木訥，不體貼，不了解我的心……等等，我們又了解他們了嗎？我們自己眞的沒有缺點嗎？

三、主動或先向他示愛及道歉，多不好意思。所有小說都告訴我們，女人應該含蓄，應該被動，只有被追的份，其實，我們要知道，男人和我們一樣害羞，他們和我們一樣不知道要怎樣表達愛情，而且還有個壞處，他們常常把對愛的需要轉到工作上或別的女人上去。因此要他愛妳，就必須去教他。言教不如身教，我們用行動來教育他們。

四、怕他。其實女人很怕男人，特別是家庭主婦，無一技之長，怕男人瞧不起她，怕男人不喜歡她。越怕越不敢表示愛情。今天起請不要怕他們，他們只是「人」而已，他們有缺點也有優點，工作後會累，會寂寞，他們需要被了解，需要朋友，……。不怕他就是要趕快充實自己，裝備自己，使自己成爲丈夫的朋友。只要把不甘心、害怕、不好意思的心丢掉，再加上①要幽默，②稱讚他，③搶在他前面去照顧他的家人，④幫忙關心鄰居、朋友和社會。丈夫一定會和我們相好，而達到相夫的目的。

## 感謝的心

在徐愼恕女士的諸多嘗試與發現中，我以爲最重要的是她找到一份懂得感謝的心。由於參與社會工作，有一次由早上開會開到下午四點，回到家，累得不得了，徐女士才想到，丈夫天天得上班，不能遲到、受上司、同事的氣，工作一定不比她輕鬆。而她，雖然主婦工作難爲，但不必天天出門擠公車、趕打卡，許多主婦的工作無時效性，身體自由，早上起來作作家事，再睡個回籠覺也無不可。

如此，徐愼恕女士眞正懂得了感謝，她說：

「我就一直把感謝他的心情放在心上，因爲感謝他，我自己的眼睛反而亮了起來。我看到在現實生活中，確實有很多讓我感激的事情，丈夫做的很多事是我不能做的。自從懂得感謝他以後，我好像一夜之間由一個任性的小女孩兒變成一個大人。在言詞上、在行動上，我不再用一種從前自以爲「容忍」的態度和他相處，現在我會用體諒、了解和欣賞的心和他交往。我看得出來，也感覺得到，他在爲養家而盡責任的時候，有一種受到了解、欣賞的安慰。我眞正表達出對他的感激以後（隨時隨地，誠心眞意的喔），他對我的關愛反而也很自然地流露出來了。他臉上的笑容多了很多，他對我的工作也不再嚴格地挑剔，他更分出比較多的時間來幫我照顧孩子，讓我有更多在外面參加社會義務工作的機會。事實上，我眞正感覺到，他也在感謝我、體諒我和欣賞我。」

像徐愼恕女士說的這種「感謝的心」，相信絕大多數的女性都會有，可是，限於中國人的所謂「喜怒哀樂不形於色」，很少夫妻互相表示眞誠的感謝。他們通常隱去表達「感謝之情」，只有會表達「厭惡之心」，因此，久而久之，夫妻生活中，看到的便只有互相指責、怪罪、抱怨，而缺乏愛和感謝。

## 和丈夫做朋友

談到外遇，徐愼恕女士說她也有幻想外遇的時候。

「結婚的前八年之間，我曾經不止一次，心情憂鬱地告訴我的朋友妙醫師：「我好想紅杏出牆！」」徐女士說。

事實上我有一個看起來絕對幸福的家。可是，我寂寞。我是一個平常人，每一天，我按照日程表，工作、休息、睡覺，睡覺、工作、休息，日復一日，週而復始，生活是如許平淡，如許正常。可是我是一個人，我有時候很快樂，有時憂傷，忽然有個新奇的念頭，有時有個難解的疑慮。也許看到書中一行句子，看了一部電影，聽了一首曲子，遇見一件可嘆的事情。……於是我想找人談談。然而從來我的先生，他不是我談話的對象，他不是忙著自己的工作，就是嫌我聒噪，說話不中要點。他又認為我的許多想法幼稚無聊，不足一談。更多的時候，他太累了，需要休息。而且他還會說：「這本來就是這樣。你連這一點小事都不會解決？笨死了！」漸漸地婚前充滿了信心，做事做得極好，親友上司交口稱讚的女人，在丈夫的面前卻一天一天地喪失了自信心。

還好我的個性滿外向，先生不和我談話，我就向外發展找朋友談，我和朋友談藝術，談電影，談人生，談孩子，也談夫婦之間的關係與問題。我們幾個朋友互相切磋，互相研討，我練習著漸漸地成了丈夫的好朋友，改善了夫妻間的關係，度過了紅杏出牆的難關。現在我常常說：「好險喔！假若我不是找女人談，而是找男人談，那麼我非紅杏出牆不可。」

現在反過來看看男人，雖然他們有太太，也有小孩，他們有必須負責任的工作要忙碌，有必須用腦筋的事情要思考……。可是他們有時候會不會跟女人一樣，想找人談談，交換交換意見，聽聽他的心聲呢？在妻子與兒女的圍繞之下，他眞正非常充實，非常滿足嗎？他一點兒也不寂寞嗎？他天天循規蹈矩地上班、下班、吃飯、穿衣、打球（打牌），和孩子玩和太太說些做些沒有什麼變化的事情就夠了，就好了嗎？夫妻之間可以像朋友似地互相自由的傾訴嗎？你的丈夫或太太是你最好的朋友嗎？

許多夫婦，結婚之後沒有多久（一年、二年）就發現夫妻之間除了日常生活三姑六婆之類的東西之外，實在無話可說。兩個因愛結合，朝夕相處的人，卻無話可說。而且無話可說還會帶來許多更嚴重，更莫名其妙的猜忌、不安與爭吵。

如此，徐女士歸結出，丈夫和自己一樣，都需要一個共同能在一起微笑、辯論、談天的朋友。太太們也一樣，得改變一下從屬的角色，積極地擴展小小的生活圈子，認識一下有趣的正在變化中的世界，把自己變成一個 Lovable，一個「有趣」的令人喜愛的女人。婦女們，妳難道眞的喜歡自己的丈夫和別人（包括別的女人）有說有笑，而回到家中來卻板著臉嗎？眞的不想成爲丈夫最好的朋友嗎？

## 發展家庭社交

對許多太太而言，丈夫常年在外「社交」（誰知道眞在社交還是在作什麼），是太太們的夢魘與頭痛問題。「他老喜歡往外跑嘛！」太太們抱怨。或者：「他在家裏死氣沉沉，朋友一約出去，就生龍活虎，眞不曉得把我看作什麼。」

對此，徐女士鼓勵婦女發展「家庭社交」。她說：在家招待親戚朋友，交誼聯歡。這種活動應該由結婚以後，度蜜月回來就開始。有了孩子，更不能因爲孩子而丟棄這種好習慣，反而要學習新的方法帶孩子，讓他們不完全佔據父母的社交時間，隨着年齡的增長，讓他們也參加家庭的社交活動，孩子可由家庭社交中學得待人接物的禮儀。而夫婦又在平凡、單調的生活中，注入新鮮的調劑品。家庭與家庭之間的交往是夫妻溝通、交換意見的一個很好的管道。

家庭社交還有一個大好處，那就是能轉移社會風氣，減少丈夫在外面應酬的次數，更防止了接觸外界誘惑的機會。主婦們把居處佈置得美觀舒適，學着做精簡的好菜，又有很豐富的常識和社交的能力，請丈夫把業務上、公務上交往的客戶、老板、同事、朋友等等有關人士請到家裏來。其實主婦們要想參與丈夫的事業，在家請客是最好的方法，賢妻的角色才扮演得周全啊！

## 如何吸引丈夫

如何吸引丈夫，或者說，如何抓住丈夫的心，我相信是閱讀本書的讀者最渴望知道的答案。要能吸引丈夫，徐愼恕女士認爲首先還是得靠自己作起。她認爲：「使自己成爲一個眞正快樂的女人，是唯一的原則。」

在這個大原則下，我們就要努力使自己快樂。①無知的人不會眞正的快樂。無知不懂事就會沒有信心，而且常會做錯事情，再加上疑神疑鬼，反而增加困擾。②心地不善良的人也不會眞正快樂。他一天到晚想害人，不幫助別人，那裏會快樂呢？③心胸狹窄，很多事情看不開想不透的人不會快樂。但這又和無知有關，越無知識，越不了解人生和外面的人情世故，就會越小氣、越心胸狹窄、越會斤斤計較。④把錢看得太重的人，不會快樂。這和心胸狹窄有關，在追求錢的過程中間常會把人際關係破壞，有錢時，還可靠錢過日子，沒錢時則連人也沒得可靠了。這是一般婦女非常應該注意的。⑤沒有特長的人不會快樂。一天到晚只會煮三餐、帶小孩、服侍公婆、逛街、聊天、打牌的人一定不會快樂。她只是一天過一天無奈地在生活，在打發時間而已。⑥不健康的人不快樂。所以婦女一定要注意自己身體的健康。⑦不會處理生活的人不快樂。婦女一定要學會如何安排生活，如何處理生活上各種問題。⑧夫妻不相愛的，一定不快樂。事實上所有不快樂都種因於夫妻不相愛。丈夫不愛妳，妳就沒有安全感，沒有安全感就會斤斤計較，就會特別要錢，心胸就一天比一天狹窄，因此如何和丈夫相愛，如何吸引丈夫成了結婚後女人一個很重要的課題，對上述那些不快樂的原因我們應該：

①培養特長，使丈夫以我們為榮，此點還可以由善良地對待朋友，幫助別人，友愛親戚做起。特別是對丈夫的家人，能「代替」丈夫照顧他的家人，他會非常感激，非常放心的。因此我們還得學習如何和丈夫的家人相處。

②不要扭曲他的意見，也就是要尊重他。小事不爭，他要吃什麼？穿什麼？看什麼都由他。

③要幫助他成長。他不一定萬事都對、都會。他和我們一樣要成長，小事不爭，但許多新的觀念要由我們來灌輸給他，使他跟得上時代，不要老停留在十八世紀的舊生活中。要讓他知道他的太太是有現代化知識的女人。

④幫他解決困難。情緒上的、工作上的、人際關係上的。此點又回到他的家人方面，能夠幫他解決親人間的問題，他會非常尊敬妳、看重妳。

⑤說話的語彙和態度要非常技巧。該柔的時候柔，該硬的時候硬。該據理力爭，該得理且饒人時都要講究。不過說感謝的話，讚美的話，特別是在他人面前一定不要損他是非常重要的。

還有要記得發展家庭社交，自己要參與社會的活動，多看丈夫的好處，也看看自己的。總之，我們每一個人都要將自己活潑起來、動員起來，不要呆呆地坐著等丈夫來愛我們。對了，主動地向他表示愛情就是最吸引他的東西，但要學習喔！要尊敬自己喔！老式的撒嬌，委曲自己，僞裝自己都是不對的。

## 防止外遇與治療外遇

徐愼恕女士前述的建議，婦女只要眞誠的、不假裝、不是只作表面工夫的做到，我相信是許多家庭中防止外遇的最好的方法；對已爲外遇問題困擾的家庭，也是改善自己、希望能使對方回頭的好方法。

雖然徐女士以作爲一個女性的出發點來談論，但事實上上述的方法應該是適用於男女雙方。談到女性的溫柔、體貼、感謝，作丈夫的溫柔些、體貼些、感謝些，也一定會使家庭更和諧。一個每天只會三姑六婆的談話的女人令人生厭，一個每天只懂得談辦公室的小是小非的男人，同樣不會令人有好感。徐女士強調的自我充實、進步，用愛與感謝作出發點來處理人際關係，懂得擔待、懂得珍惜，是每一個健全的人應該具備的，並非只有女性才需要這些美德。

此外，談到夫妻之間的相處之道，妻子要學習將愛表達出來，難道丈夫就不該學習嗎？妻子要學習如何吸引丈夫，丈夫難道不需學習如何吸引太太嗎？

徐愼恕女士常常強調，她談的是希望對「人」有益，而並非只對男人或女人，因爲歸根究底，男人女人都是人，本質上有同樣的需要、同樣的弱點，只不過徐女士以身爲女性，對婦女問題有更多瞭解與體會，將著眼點放在女性身上，事實上，有許多道理，是「訴諸男性亦然」的。

## 兩個實例

徐愼恕女士上述的說法，是她作了十一年太太、家庭主婦得來最寶貴的經驗之談。徐女士也許沒有一套完整的婦女運動思想，也許還有一點女人的瑣碎，但她有的好處是一些學者、專家所較缺乏的，因爲她實在，她眞正是從生活中走出來的，她的體驗，是絕大多數婦女的體驗，她思索出來的這一套解決方式，也因而對許多婦女會有實際的助益。

我親眼見到兩個最好的例子，一個是徐女士自身。早期時，她像許多主婦，常同我抱怨先生不夠羅曼蒂克，先生不記得結婚紀念日，不懂得疼惜她，常取笑她不懂的事情，或者不管她花多少時間在家務上，先生永遠只有抱怨、不會稱讚。

「我有時眞想告訴他，只要他稱讚我一聲，我作到死都甘心。」她常這樣同我訴苦。

同時，她作著許多愛情迷夢，這些夢想的情節，事實上並不是她自己想出來的，多半是從浪漫的愛情小說、電影中得來的。拿這類虛構美麗的愛情故事來同每天柴米油鹽的生活比較，自然只有越來越不滿足了。

然後從抱怨、不滿中，我看到徐女士跨出一大步，這一步對整個臺灣的婦女，相信也是一大步。她開始學習不再「坐著抱怨」，而寧可「站起來有所行動」，首先她檢討自己，要求從自身作起，接下來她開始主動的有所作爲。

「我不怕人家笑說，徐愼恕三三八八，敢同老公說：她有多感謝他在外面辛苦工作；她有多愛他。也不怕人家說徐愼恕三八，一大把年紀還同老公撒嬌。」

對二十來歲的臺灣婦女而言，同男友、丈夫撒嬌也許並非難事，但對三十歲以上的婦女來說，主動向丈夫表示親熱、體貼、稱讚，通常並不容易。因而有外遇的丈夫常感到女友深愛著自己，而妻子只會抱怨。這同婦女們一向習慣的表達方式不無關係，「丈夫是不需要讚美與示愛的」，是多數婦女的想法。

如此，徐女士發現與丈夫的關係逐漸改善。事實上，就我這個旁觀者來看，他們的婚姻本來就沒什麼問題，這一改變只是變得更親密、更和諧些。我以爲，最重大的差異來自徐女士她自己，她從一個抱怨的太太轉爲一個懂得感恩、讚美的太太，因爲這種轉變，使得她看到婚姻中的許多好處，這些好處並非完全因爲她的轉變而來，而是由於她心情的差異，她是否體會到而有不同。一當她肯打開心胸，即發現天更藍、草更綠、世界更美好。

所以我要說，是徐愼恕女士自己找到「快樂之道」，再來影響到家庭的氣氛，影響與丈夫間的關係。

徐女士的成功，當然與她個人有關，她是朋友中出名的熱心人物，只要有意義的事，只要分得出時間，她非常樂意助人，不計較酬勞得失，她參與種種社會工作，走出狹窄的個人生活；她喜好任何可以增廣見聞的一切，她廣泛閱讀、與朋友討論；帶兒子去聽音樂會；同大夥一起去看芭蕾，總之，她活得十分有意義而且快樂。她的快樂，有一部份來自幫助他人。

陳文麗是我們共同的朋友，認識她在一次演講。徐愼恕女士幫忙籌辦的一系列演講中，找我去談書，演講完後陳文麗主動上前來與我們搭訕，她三十多歲，身材高大、健美，臉龐也很美麗，是個漂漂亮亮的家庭主婦，絕非那類黃臉婆式的主婦，只是眉目間總有一絲憂慮。

我們很快談起來，陳文麗說她結婚快十年，這十年來，在公司跑外務的先生，外遇不斷，換女朋友像換衣服一樣，前前後後不下一、二十個女友，一開始陳文麗自然傷心欲絕，也想離婚，可是先生不肯，總表示他還是最愛她，而且每回她一不高興，先生即帶她去旅行、陪她看電影、買衣服，盡可能討好她。等她心一軟，不想離婚，先生又在外面追逐女人去了。

有一回，先生帶陳文麗出去同一夥朋友吃飯，席間朋友誤將陳文麗當作先生的新女友，還開玩笑的同先生說：「今天這個女朋友很漂亮哦，那裏弄來的？」使陳文麗哭笑不得。

雖然已是先生十來年的「習慣性外遇」，陳文麗說著說著眼眶還是濕了，可見外遇對一個女人的傷害有多大。

自那一次演講後，陳文麗常同徐愼恕聯絡，談談丈夫最近又如何，抱怨丈夫新的女朋友如何如何，心情不好時，不免舊話重提說想要離婚。徐女士因而給陳文麗一個建議，要陳文麗有一段時間全聽她的，不管她要陳文麗作什麼，陳文麗都得照著作。

徐女士先弄淸楚，陳文麗的丈夫不管在外面怎樣亂搞，晚上一定回家睡覺，而且也不致到三更半夜，總是十二點左右回家。陳文麗爲要整丈夫，故意將門閂起來，丈夫不得已只好敲門，陳文麗開門後，總順便把先生駡一頓，出出當天的悶氣。

徐女士於是建議，不管陳文麗再天大的心不甘情不願，每天還是幫先生開門，但開門後，絕對不能駡先生。這樣先試驗一個星期看看。

還不到一個星期，陳文麗就主動給徐女士打電話，問下一步要如何作，因爲丈夫明顯的改善許多，有的晚上也不出去亂混，乖乖在家陪她看電視。

徐女士教導的第二步是，丈夫回家，不管多晚，還是替他開門，這次不僅不罵他，還要給他泡杯茶，體貼他酒喝多了口渴，陪他講幾句知心話。

陳文麗立即拒絕。「這種事我做不來，我也不想做。」她說。徐女士提醒他們之間的約定，陳文麗只好同意試試看。徐女士還教她，多想想丈夫的好，不要儘想他的壞處，自然面對他時笑得出來，不會只擺一張臭臉，也能替他泡茶，同他說幾句體貼話。

不到三天陳文麗就打電話來，說她照作後，丈夫對她的態度大爲改變，兩人開始眞正談起話來，而不是每回都是她故意冷嘲熱諷，丈夫在一旁任她責罵。

幾個月後我們看到陳文麗整個人開朗起來，嘴裏說的儘是與丈夫相處甜蜜的種種。我們不知道時間長久後，她的丈夫是否故態萌發，又追逐女人去了，但至少在目前，只要陳文麗繼續同丈夫和諧相處，而不要一味只責備丈夫有外遇，他們的關係顯然會繼續改善。

最重要的是，在這個過程中，陳文麗從只會抱怨、作一個「丈夫有外遇」的悲慘妻子中，自己走出來，找到一片屬於自己的天空，找到了「愉悅的心」、「感激的心」，也影響了她對人、對事的整個看法。

我們還會幫陳文麗更進一步的建立起她的獨立與自我，讓她即使有一天丈夫偶還出軌一下，她也有能力面對問題並謀求改善。

而毫無疑問的，陳文麗是走出了成功的第一步，往後當然還得繼續努力，但總而言之，在諸多不幸的外遇事件中，我們看到了一個有希望、快樂的例子。

## 新女性舊女性

徐愼恕女士上述作法，也許有些「婦女解放運動者」，會以爲如此作是屈就女性來「討好」丈夫，與傳統女性並無什麼差別，婦女等於走回頭路，將已爭取來的權利再自己放棄等等。

我個人完全不這樣以爲，現階段的臺灣婦女處在新舊觀念交接、衝突的時候，不僅婦女如此，連男性也如此。況且，男性在社會、家庭中，已習慣性的享有很多特權，要他們一下子主動放棄掉這些享有的好處，來同婦女配合溝通，通常十分困難。

但生活還是要過下去，相信結婚的婦女都能瞭解，丈夫一天到晚臭著臉、冷戰、或大聲吵罵，會造成妻子心頭多大的壓力。如何處理好夫妻的關係已是當務之急，不容從長篇大道的理論、觀念先灌輸起。要丈夫作個「新男性」，懂得配合、體貼太太，恐怕得在婚姻生活平順時，已表現問題時，先解決問題所在，而不是高唱女權，相信是比較合時宜的作法。

特別是，如果問題出在男性，是丈夫有外遇，妻子又不願或不能離婚，想要挽回丈夫的心，想要挽救家庭危機，大概也不是強調女權理論能解決的。

處在弱勢的一方，如果企圖有所挽回，不僅十八般武器都得用上，有的時候還只怕沒有更好的方法。徐女士上述的作法有點老子所說「柔弱勝剛強」，在雙方的關係不是很和諧時，雙方都能示弱些，而不是怒火高張的吵架、抱怨、清算，會將衝突降低。

更何況，徐女士的整套說法，事實上絕對不鼓勵婦女作依附者，反倒要婦女多方充實自己，以便能和丈夫平起平坐，作丈夫的朋友。在與丈夫「相處之道」上，更建議婦女積極的表達、示愛、感謝，這些都是積極、進步的作法，對大多數的臺灣現階段婦女而言，恐怕已經相當「新女性」了。

我個人以爲，「新女性」、「舊女性」是相對的說法而沒有絕對的標準。在轉型期的臺灣社會中，當女性美德的新、舊標準混雜，尙未理清一個頭緒時，選取對自己有用者，加以發揮與善加利用，只要對自己有益就是好的。畢竟，妳的一生是妳自己在活，幸福與否是妳自己在感受，沒有人能替妳活這一輩子，不是嗎？

# 附錄　外遇連環套

## 序曲：規模最大的外遇

臺灣的夏天一逕的火傘高張，白天高達三十四、五度的氣溫，我一向沒事很少出門。籌備了一長段時間要寫一本有關「外遇」的書籍，由於希望能提出眞正有效的意見，來幫助解決外遇問題，因而筆記本裏記滿了要訪問的各方面專家，從心理學家、社會學家、法律專家、醫療人員、社會工作者等等，長長一列。白天作不完的訪問，只有晚上接著作，洩氣的是有的訪問作回來，能用上的機會還不大。就這樣的，一整個暑假，我進進出出的奔走，晚上也不常在家。

六月下旬的一天，我請兩位朋友吃日本料理，爲的是要談當丈夫有外遇，妻子該如何自處。匆忙的同家人交代我們到一家「臺北最拉風的日本料理店」吃飯，就同朋友外出。

回來時已近十點，家人一看我進門，十萬火急的說：「報社找了妳一個晚上，說有個讀者要自殺，一定非見妳不可，現在不知怎樣了。」我聽後心裏一沉。偶爾有讀者在報社留下電話，說她們想自殺，要我一定回電話，但似乎都沒有這次來得嚴重。我立即給報社打了個電話，塊頭大的主任說話一向直爽，聲音也不小，劈頭就說：

「把我們搞得人仰馬翻，一個晚上都無法好好工作，妳的讀者說不要一一九去救她，一定要妳去才肯開門。我們打了一個晚上電話，到所有臺北『拉風』的日本料理店找妳，妳都不在，妳究竟去了那裏？」

「××去了。」我回答，聽主任的聲音，自殺者不像有事的樣子。

「噢，居然就忘了這一家！」主任慘叫一聲。「我從最老牌的×××，打到最新開的××，前後打了一、二十家，怎麼就是沒想到××。」

「這就是太『拉風』的結果。」

我還開玩笑的回應。這些年來，由於我對一些類似社會工作的事情一向有所接觸，多少訓練出「泰山崩於前不改色」的能耐，我更清楚，漫無目標的同情會成爲濫情，過度的擔心、關心，會造成臨陣忙亂，只有使處理事情加重一層個人的困擾，事倍功半。

當然還是立即追問詳細情形，才知道一位自稱林姓的年輕女孩，打電話來報社，說她吃了五十幾顆安眠藥，在她死之前，一定要同我說幾句話。報社一方面想辦法找我，一方面儘量拖延同她說話的時間，耗了一段長時間，女孩子終於說出她的住址。報社的人立即打電話給一一九，確定有人前往救她，大家才鬆了一口氣。

沒料到不一會又得知，女孩不讓一一九進門，堅持要見到我才開門。一一九自然不理會這些，救人要緊，於是打開門將她送往醫院。

聽完大致敍述，又知道這個小姐姓林，我心中立即想到，一定是林美紋。

近一個月以來，林美紋斷續的打電話到報社，留下她的電話要我同她聯絡。我回過幾次電話，是個年輕女孩的聲音，低低的、柔柔的很好聽，由於她講話中還會夾雜一兩個英文單字，我猜想她大概受過不差的敎育。

從幾次談話中，我大致有個印象，林美紋在同一個有婦之夫談戀愛，顯然感到十分痛苦。據她自己說，如果不是男方如此愛她，她幾乎失去活下去的意義，只不過，這場戀愛卻無論如何都是個殘缺的悲劇，因爲，男方絕對不可能同妻子離婚來娶她。

這是一個很普通的外遇介入第三者的故事，我接觸、聽過許多，林美紋的故事並不獨特，因而我例常的鼓勵她，如果她感到這場戀愛帶給她痛苦大於歡樂，傷害大於幸福，她就該想辦法離去，重新開展一段感情生活。林美紋每次聽著，總會說：「我也是這樣希望啊！」

我知道要能從這條不歸路走回頭，並不是光憑我的三言兩語，而是需要長時間的心靈交戰，才能在慘痛敎訓中找到出路。我只能不斷的鼓勵她，抉擇還是在她。

老實說。林美紋的個案並不曾給我什麼深刻印象，我們通過幾次電話，每次都是她心情不好時，我安慰她、聽她抱怨。有時候，我因為忙無法同她電話，心裏也不曾特別記掛，因為我常告訴她可以給生命線、張老師、馬偕協談中心打電話，那裏有受過訓練的義工，會很樂意為她解決問題。

直到傳來她自殺的消息，我才感到事態較我以為的嚴重。算算時間林美紋該已自醫院回家休息，我給她電話，並破例的主動提出希望同她見面的要求。

見面的地點是林美紋選的，是一家時髦的、佈置華麗的咖啡館，時間是近黃昏的下午。

在初夏已是火傘高張的艷陽下，突然走入陰幽的、佈滿人造燈光的室內，不知怎的有種說不出的毛骨悚然的感覺，我很快就在靠窗的位置上辨識出林美紋——她的手中握著一本我的專欄集——「女性的意見，李昂專欄」。

我承認我是先辨認出我專欄書的封面，才看到拿著書的女孩，但一看到她，有片刻我的眼光再無法從她身上轉開。

從來不曾想到，林美紋是這樣年輕。

她看來大概只有十八歲，膚色是一種透明的白，白得似乎裏面的血管都清晰可見，而且呼之欲出。也許由於剛出院不久，削瘦的臉面上更加上一片灰白，配著小小的五官，整張臉不知怎的給我全然平面的感覺，是的，平面的感覺，那種在恐怖片中會見到的——缺乏生命力與表情的幽魂，眼睛、嘴巴、鼻子俱在，但散佈在一張過度純白的臉上，不知怎的會了無立體感，整張臉像平面一樣。

是這樣一張木然的、冷淡的、絕望的臉強烈的震撼了我，幾乎不自覺中我抬眼望向窗外，透明窗玻璃外是個熙攘的、匆忙的世界，快速馳過的車子，來往的人潮，一切都在活動中，只有窗內坐的這個女孩子，還如此年輕，可是卻恍若隔離棄絕了整個外在世界。

我坐下來，小心翼翼的說：

「林美紋？」

「是的，李姊姊。」她安靜的、低低的回答。

在我還不曾想及接下來要說什麼，林美紋已說道：

「我沒有妳以爲的年輕，記不記得我在電話裏告訴過妳，我有二十二歲了。」

「哦，對！」我吞吐的一時接不上話來。知道對方年齡一向是一項重大資料。一個三十歲的妻子處理丈夫外遇的問題，自然和六十歲的妻子不一樣。在以往通電話中，我一定問過她的年齡，只不過諸多雜事，以及其他的個案，使我對林美紋印象模糊起來。

「對不起我suicide(自殺）。」林美紋怯怯的說：「我不是故意打擾報社的人。」

她談話中夾雜的英文字suicide（自殺），使我回想起她說話一向習慣夾著英文，爲了使氣氛能緩和一些，我著意的說：

「妳英文能力很好，是不是……」

「我唸教會學校，有個老師很疼我，特別教我英文。」

林美紋說著，眼眉中第一次見著喜意。

我知道這類教會學校，通常也教學生英文打字、速記等等，畢業後是個女秘書的最佳人選，於是試探性的接下話題：

「那妳是不是在什麼公司上班？外商公司，薪水很好哩！」

「我在××。」

林美紋說了一家著名的公司，神情卻立即又黯然下來。這一次我不曾接話，因爲從她神色中，我看出她顯然努力在掙扎著要告訴我什麼，如果打斷她，她也許就不會再開口。果眞只片刻後，林美紋抬起眼睛，直直的看著我：

「我suicide（自殺）是因爲我知道我的男朋友，妳知道，就是我告訴過妳的易先生……」

林美紋停下來，困難的咬住下唇，然後夾著更多的英文說：

「他不僅有wife（太太）、小孩，除了我另外還有lover（情人），而且他的wife和lover（太太和情人），還另有其他很複雜的關係。」

我發現，林美紋顯然在一些敏感的字眼上喜歡用英文來說，爲了避免用到「太太」這樣直接的字眼刺傷到她，我也只好學她的說話方式：

「他知道他的 wife（太太）的事嗎？」

「知道，但不知道他的lover（情人）在幹什麼？」林美紋說，口氣憤恨而顯急促。「我最不甘心的是，他除了他 wife（太太）外，居然還有旁的女人，而且，還把其他一堆人也拖下水，妳知道嗎？他家裏的外遇事件，前前後後牽涉到七個人，眞的，一個外遇事件中牽涉到七個人。」

林美紋說著，語句紊亂起來，只一再重複「七個人的外遇，哼！」

我承認我感到吃驚，在我接觸到的外遇事件中，如果不是逢場作戲的一個女友又換過一個女友，一般有感情的外遇，三個人是最常見的外遇形態，也就是先生與太太之間，介入一個單身的第三者，可能是先生的女友，或者，太太的男友。再複雜一點的外遇，也不過介入的第三者已婚，也就是說，先生的外遇對象是旁人的太太，或者，太太的外遇對象是旁人的先生，在這樣的外遇中，會牽涉到四個人。

像林美紋所說一個外遇事件裏有七個人牽扯在一起，我不僅不曾見過，連聽說都不曾。望著眼前臉色蒼白、含著憤恨的年輕女孩，我的心，不由自主的作痛起來。

「那麼，這個外遇事件，可眞是規模龐大啊！」我說。

## 第一樂章：當事者

易明勝來自臺灣中部的小鄉鎭，生在民國二十七年，他這一代，童年趕上送走日本人，沒有送走的是日本人遺留下來的五十年統治痕跡。很長的一段時間，易明勝常聽到的是：日本時代，那是這樣的，那時候，一個小偷都沒有，晚上睡覺，眞連門都不用鎖。要不然就是：爲什麼叫「日本婆仔」，所謂「婆仔」，是美女才能用上的稱呼，臺灣這些查某，粗手粗脚，根本不夠稱「婆仔」，難怪沒有日本婆仔那款溫柔、體貼，又順從。

易明勝在家中排行老三，前面兩個都是姊姊，身爲長男的易明勝，自小就知道他有較母親更高的地位。務農的父親同家，總是父親、他，還有一個小弟先上桌吃飯，男人們吃過飯，才輪到母親和姊姊們，那時候桌上不要說偶有的魚、肉不見踪影，連煮來下飯的鹹花生，都沒得剩幾顆。

兩個姊姊自然是在家幫忙，易明勝上完義務教育的小學，成績一直名列前茅。小學畢業後，出動了受日本教育，仍有個日本名字「武雄」的級任老師到家裏遊說，於是易明勝考上附近的一所省立初中，順利的讀畢業。由於初中競爭對手多，不像以往在鄉下，易明勝每年讀個十來名，仍然是他故鄉的「高等科學生」，或者老一輩人口中的「秀才」。

直到易明勝上初中，冬天裏洗澡不用脫衣脫褲沖澡，只需洗個臉，手脚，都還是易明勝的大姊，準備好熱水、毛巾，一一幫他洗淨的。

初中畢業後家境沒有好到能上高中，易明勝考上一所工專，離家住校，少了母親和姊姊的照顧，易明勝衣食住行都得從頭學起，原就長在農家，作起來倒一樣也不難。只是家裏要支付他的學費，很辛苦了一陣子。兩個姊姊除了幫助家裏的農事外，夜裏還靠著一點手藝幫人縫製衣服。爲了易明勝上學，兩個姊姊無法出嫁，留在家裏做工賺錢，大姊直作到二十五歲，怕再耽擱下去眞沒機會成家，才草草嫁了鄉下地方一家無田無地、只靠幫人做工的人家。民國五十年左右，女孩子拖到二十五歲結婚，的確並不多見。

所幸易明勝很有出息，畢業後當完兵，在一家私人公司工作好些年。易明勝逮到機會，利用家鄉裏生產特別香脆的花瓜，還加上他讀化學的一些基礎加工手法，作起醬瓜生意，正趕上臺灣六〇年代的經濟起飛，水漲船高的同日本人談妥生意，作醬瓜外銷日本。幾年間公司已頗具規模，資金轉投房地產，民國七十年左右房地產開始走下坡前，易明勝已累積了數億財產。

易明勝早期結婚的是鄰鄉一個初中畢業的商人女兒，十幾年的婚姻，生了三男一女。太太陳麗枝是個典型的家庭主婦，在家相夫教子，只不過隨著逐漸富裕起來的家庭經濟，也有些姊妹淘，一起吃吃喝喝。

早在易明勝開始作醬瓜外銷日本生意，就常常徹夜不歸，理由是陪客戶應酬。每回要遲歸或不回家，易明勝從來不會以爲要同太太打聲招呼。女人在家等待是天經地義的事，更何況，易明勝心裏有數，除非有什麼了不起的天大理由，否則不會同太太離婚。這個家，大夥也不是沒苦過，早些年剛開始作醬瓜生意，太太懷著八、九個月身孕，還同他一起用鹽醃醬瓜後，在上面用脚踩，沒有功勞也還有苦勞。更重要的是，易明勝認爲婚旣結了，沒有什麼好離的，離婚旣麻煩又沒必要。他易明勝不管在外面怎麼搞，也不會玩那種傷神遊戲，去離什麼婚。

不過，易明勝的這種決定，照例並未同太太明說。「女人家，懂得什麼，好好在家，吃穿絕少不了她，把小孩照顧好，其他的一切免管。」易明勝常這樣說。

苦的卻是易太太陳麗枝。一開始易明勝玩酒女、舞女，接著是酒廊小姐，家裏三更半夜總還有女人嬌滴滴的打電話來：

「易總啊！你怎麼好久不來？」

易太太一問什麼人，女人也不在意，吃吃的在一邊嬌笑連連，才慢條斯理的掛斷電話。

易太太不敢再裝聾作啞，用苦肉計表明，她從來不曾管易明勝在外頭作什麼，易明勝至少看在孩子的面上，不要讓那些不三不四的女人打電話到家裏來。

「對孩子不好啊！」易太太怯怯的說。

易明勝一個巴掌打得易太太往後連退三、四步。

「妳敢再說一句，我就不回來，幹伊娘，幹妳老母的××。」

易太太往後自然連用孩子當藉口都不敢。

同姊妹淘說起來，年紀較長的吳太太拉著她的手，眼中漾著淚影。

「這還算好的，你們易先生，還只在外頭玩玩，我家那個，連女人都要帶進家門，是我抵死不肯，說好說歹，才同意在我們那幢大樓同一層，另買了一戶給那個狐狸精住。還不是買小套房哩，是同我們住的一樣，六十坪的大厦，全登記那狐狸精的名字。」

「吳姊不要怨，妳住Ａ座，她住Ｂ座，怎麼說妳還是佔先呢！」一個熟識吳家的姊妹開玩笑的說。

「看看妳，什麼Ａ、Ｂ的。」

吳太太笑罵，大夥也只有稀稀落落的笑了起來。

易太太想想，的確，比起吳先生將大老婆、小老婆弄在一幢大厦的同一樓住，易先生還算不差的了。哭也不是沒哭過，抱怨也不是沒抱怨過，每次都惹來一頓打罵，不看開點，又怎麼辦？

在太太們聚集談論先生如何如何的同時，易明勝睡在金妮的小套房裏。小套房不是易明勝買的，他只是一個常客——所花的錢較一般的「短敍」、「過夜」多一些，偶還會送條從日本帶回來的養珠項鍊。養珠有越來越貴的趨向，但絕不到一個小套房的幾十分之一。易明勝對花在女人身上的錢，一向極有把握。「銀貨兩訖」是絕對必要的。這年頭，女人，還都是美麗的女人滿坑滿谷，這個不想幹還有那個，只要口袋有錢，不怕一個個不巴上來。

「這不是過去舞女拿蹻的時代，什麼請吃個飯都不容易。有人不幹，自有人會幹。」

這是易明勝的名言，從小在農家長大，易明勝記得鹹花生配蕃薯稀飯吃的苦處，一開始作醬菜自己踩醬菜的機會更不是沒有，易明勝懂得錢來得不容易。特別是，如果過度的花錢在女人身上——花在「軟脚查某」一無是處的女人身上，易明勝根深柢固的覺得不值得。要女人得花錢很合理，但花大錢就太不值得了。易明勝一向有這樣的看法。

幾年來易明勝出入風塵，絕不是小姐們的大恩客，不過他一向可靠，沒有非分要求。易明勝不佔旁人便宜，也不要人家佔他便宜，他對風塵中的鶯鶯燕燕常喊的口號是「銀貨兩訖」，久了後，小姐們都背地稱呼他「銀貨兩訖」，沒有更好的大頭也很樂意同他上牀。

易明勝知道小姐們背後叫他「那個銀貨兩訖的」，一點也不生氣，他看到太多商場的朋友花大錢養「金魚」，最後「金魚」再倒貼小白臉，或捲一筆錢逃走，弄得資金周轉不靈，家裏吵吵鬧鬧要自殺，他一向深自引以爲戒。易明勝以認識的一位婦產科醫生的話爲座右銘，那醫生的名言是：

「如果你想喝一杯牛奶，去買一杯就是了，何必養一頭母牛。」

易明勝百分之百贊成這種做法，要女人，花錢去買就是了，何必養一個女人在家，自尋煩惱。

然而，易明勝還是有了外遇，所謂專家定義下的「外遇」，也就是說，有感情，兩個人有親密關係，也維持了一段時間的外遇，並非一夜風流的逢場作戲。

## 第二樂章：姨太太

七〇年代初期，當臺灣被捲入一陣「疱疹」旋風中時，報章雜誌經常大篇幅的報導這個「愛情是短暫的，疱疹是永遠的」新性病，很短的期間內，原來每天歌舞昇平的風塵界，接受了自經濟不景氣以來最重大的一項打擊。

最始初，易明勝自然也密切注意疱疹的資料，得知這種新性病至今尚無藥可治，每次發病時生殖器及附近會長滿豆大的顆粒，又癢又痛，聽說只有休息及日光浴能稍減其惡化，得痛苦上幾個星期，才會慢慢消逝，但不知多久，又將來犯。

疱疹的確嚇著了易明勝，他算算自己才四十幾歲，人生還有一長段要活，如果眞得了疱疹，往後下半輩子，不要說享受女人的樂趣，恐怕還眞生不如死。當然，科學會有進步，但誰知道那一天才會有藥發明出來。易明勝一向只相信自己，這麼多年來縱橫商場，從一個農家子弟無中生有，到今日有幾億財產，易明勝一向知道「得來不易」，也只相信自己能力所及的事項，超過此，則一切免談。

易明勝依然同商場的朋友進出歡場，到北投喝酒唱卡拉ＯＫ，在酒廊裏摸小姐的奶子，但僅止於此，任憑媽媽桑說破嘴，說她的小姐剛身體檢查過，一切沒有問題，還附帶醫生證明，易明勝都不爲所動。易明勝看過不少相關資料，他清楚記得：一個小姐可以是個帶菌者，在尙未發病前，絲毫看不出症狀，但卻有驚人的傳染力。像這類易明勝自知控制不了的事情，以他一向只相信自己的個性，自然不會輕易去嘗試。

可是需要還在，易明勝有時也弄不懂，自己居然有如此「驚人」的性能力。在早期剛結婚時，易明勝不特別覺得自己對性有何特殊之處，他維持間間斷斷的一個月幾次的性行爲，順順利利的讓太太生下幾個子女。

直到開始作醬瓜生意銷日本，大量的工作，特別是跑三點半的壓力，易明勝才開始知覺女人是最好舒解壓力的方式。對易明勝來說，作完愛頭碰到枕頭，立即呼呼入睡，再不管明天，甚至下一刻公司的事，是最好解除疲勞的方式。

而似乎這樣的行爲是會上癮，或會養成習慣的。持續幾年下來，易明勝發現不經由此，似乎難得到眞正的休息。特別在他參與經營房地產後，每筆動輒上幾千萬，上億的生意，易明勝不能不感到寢食難安，這個時候有個女人，不管是隨便的弄她幾下，或恣意的玩耍一番，易明勝通常能立即閉上眼睛入睡。

易明勝找女人的時間因此極不固定，有時是中午休息時間，剛談完一筆生意；或晚上外出應酬時。也就在這時期，易明勝逐漸明白到自己似乎眞有朋友間稱道的所謂性能力，他不需要補酒、補藥，也不像朋友們得借什麼道具，很自然的，他覺得隔兩、三天一次的性行爲，大致上正適合自己的需要。

至於女人，易明勝也不特別挑剔，有年輕、貌美的自然最好，沒有的話只要不是生病的、年紀太大的，也都還可以。易明勝在找女人方面通常不會有什麼問題，在據說臺北有十五萬非法從事賣淫女性中，要找個年輕貌美的女孩，還眞是一點不難。

因而當有關疱疹的消息在報章雜誌被熱切報導時，眞是苦了易明勝，他不再能到歡場發洩，只有回頭找自己的老婆，這才發現，易太太這些年來不僅身材變了型，連其他部位也都走了樣。

「她那個簡直粗得像竹筒。」易明勝在酒宴中同朋友說。

而且易太太也受不了他頻繁的要求。原本是一、兩個月，易明勝會敷衍的來一下，總是自己的老婆，不玩白不玩，易明勝會這樣想，但一當全要靠老婆解決需要，易明勝發現諸多不滿。

最後當然是敵不過需要，疱疹的陰影雖然還在心中，但玩歸玩，何況易明勝還可以像其他的男人這樣安慰自己：

「那這樣倒楣，就碰在自己頭上。」

倒也相安無事一段時間，直到有一個吳姓酒友，風傳果眞得了疱疹，那陣子，誰都避著他，不僅連手都不敢同他握，連他坐過的地方，也沒有人願意再坐。有一回易明勝在一個建築工地見到這位吳姓酒友，他臉上嘴角邊直漫到臉頰，都是密密麻麻的突出顆粒，紅紅腫腫，每顆都有黃豆那般大小，還似要潰爛般的有個顏色較淡的頭。

一陣噁心湧上心頭，易明勝猛吞一口口水，避開眼睛。

不久後就傳來這位吳姓酒友自殺的海息，自殺原因衆說紛紜，有人說是景氣不好背了一身債務，不得不自求了斷，有的說是因爲疱疹，痛苦難當，活著倒不如死了乾脆。

易明勝這才斷絕了涉足風塵的念頭。

易太太是無論如何無法滿足他的，易明勝也當著太太的面指她「那個」像竹筒。易太太求助於一羣姊妹淘朋友，還是先生有個姨太太就住同一層樓的吳太太有見地，勸她找個婦產科醫生作「整型手術」，還介紹了一位熟識的婦產科名醫。

易太太前往求助，這位名醫是位風趣的中年醫師，人長得很體面，聽完易太太的陳述，輕鬆自然的說：

「我們有兩種作手術的方式，一種結果像高雄港，一種作完後會像愛河，妳要作那一種？」

易太太楞楞的看著他，名醫倒笑了起來。

「高雄港的意思是，港口狹小，但一出港口，則是大海。也就是說，只縫陰道的開口處，裏面就不去動它，這種手術會使得陰道口很緊，但裏面與原來沒兩樣。」

易太太不自然的點點頭，算是聽懂了。

「愛河的意思是，整條一樣的狹窄。也就是說，從裏面一直縫到外面，整個都會很緊。」

易太太決定作一條愛河，可是作完後，發現愛河並不會帶來愛情。易太太回想起名醫曾說過的，作這種手術只有「錦上添花而無雪中送炭」的效果。

「所謂錦上添花的效果就是說，如果夫妻感情原本很好，作了可以使夫妻感情更好。沒有雪中送炭的效果是說，如果夫妻感情不是很好，想要藉這種手術使感情變好，那很難。」名醫說。「所以，與丈夫之間的問題，還是得由感情方面著手，不光是靠手術就可以解決問題。」

易太太的情形正如此，手術並不會挽回丈夫的感情，反倒是不久後，易太太得知易明勝與建設公司的一位售屋小姐打得火熱。

易明勝轉向身家清白的良家婦女，事實上十分偶然，風塵界不能再玩耍，需要還在，也有許多夜晚的空閒時間要打發，看到朋友大都有個小公館，或數名固定在一起的紅粉知己，易明勝這才念頭轉向一般婦女。

以易明勝的錢財，過往當然並非沒有女人挑逗性的要「給他作小」，易明勝不爲所動，一方面怕麻煩，一方面深知在情慾上，花錢事小，不但不欠人情，也少惹麻煩。「不要錢的最後反而要更多的錢」，這是每個男人都知道的事實，易明勝縱橫風塵十多年，不會不明白這層道理。

倒是這位售屋小姐李玲，易明勝初見就頗有好感。李玲二十八歲，中等身材十分豐腴，奶子想必是大的，易明勝這樣想，他對大胸脯的女人，仍感到最能刺激性慾，對李玲的身材，先就滿意。

李玲還會說話，左一聲易董事長，右一聲易董事長，叫得他心裏痲癢癢的。李玲懂得察言觀色，又會服侍人，所有這些，原都是風塵界女子慣有的技倆，在李玲身上使出來，由於她並非幹那一行的，就成爲另種迷人的風範，十足是個體貼又楚楚動人的小女人。

易明勝對李玲所知不多，只知道她單身，作了很一陣售屋小姐，雖然近來一向建築業不景氣，她手頭似乎還握有幾個錢。兩個眞正有接觸，是有一回李玲向易明勝借錢，數目不多，幾十萬，還有房子可抵押，李玲願意給較市面高利貸略低的利息。

易明勝答應借錢，數目不大又有擔保，那一向悶得慌想找個人也不無是原因。總之，因爲借錢，兩個人一起吃飯、去跳舞，很快有了性關係。

李玲當然不是處女，易明勝也不感到有何負擔，初次的經驗倒是出奇的好，易明勝算是知道了不是風塵女郎的一些好處。有個固定的性伴侶，又能陪著談些商場、社會閒雜等事。李玲至少還唸到高中畢業，應對不差，模樣也可以，帶出去見得人，易明勝第一次知道一個「女伴」可以有的好處，有陣子眞是有些被沖昏了頭。

在一起後原有的錢財來往關係，自然更密切，易明勝雖然一筆一賬都記得清清楚楚，對枕邊人催討起錢來畢竟不方便也不容易，時間長久下來，也只有睜隻眼閉隻眼了。

「算是給她買些珠寶就是了。」易明勝這樣想。

另一方面，易明勝也知覺到李玲能帶來的好處。多半時候談生意，易明勝喜歡有李玲陪同，李玲的善於言詞，很容易能避開一些火爆、爭執場面，而且，有個女性在場，不只是一窩男人，彼此較會顧及到面子，只要大原則把握，小節也就打馬虎了，減少許多意氣之爭。

就這樣的，李玲一步步走入易明勝的事業、生活中。先是易明勝讓李玲辭去售屋小姐的工作，專心幫他管理他與他人合股的一家建設公司。易明勝算是第一次知道，一個女人，或說一個太太，除了在家裏帶小孩，燒飯洗衣外，眞還可以是事業上的助手，是談心的好伴侶。

對李玲來說，一開始就知道易明勝有妻有子，而且像任何多數男人，是不離婚的，但這些對李玲不足構成威脅。她今年二十八歲，已不是睜著眼睛期待白馬王子的十八歲小女孩，也並非沒有經過風浪。她來自一個屬於較貧窮的家庭，父親三十八年來臺，連職員都沒當上，她能唸完高中，已屬萬幸。這許多年來憑著她自己的才幹，以及，不是什麼絕色，赤手空拳的打出一番天下，除了生活上可以相當享受外，還能接濟在鄉下的父母親，李玲對現有的感到相當滿意。

早些年不是不曾考慮到結婚，李玲像每個女孩，憧憬過一個體貼的先生，兩個恰恰好的寶寶，但她的能力及對較好生活的期盼，使她高不成、低不就的失去幾個結婚機會。寂寞之餘李玲同一些男人上牀，在人擠人的臺北這麼小的圈子裏，很快的就不是名聲清純，特別是這些男人中，有的還是結過婚的。

於是一切開始循環。接觸過出手闊綽的建築界大佬，在景氣時作售屋小姐驚人的利潤（李玲又不是一個不懂手腕的女人），對一般年紀相若的男人，自然覺得不是對手，不足托付終身，那些看上眼的商場人士，又一個個都結了婚，幾年蹉跎下來，李玲很快接近三十歲，結婚機會明顯的越來越少。

就在這個時候李玲碰到易明勝，這個中等身材、相貌普通已開始發胖的中年男人，李玲估計自己絕作不了他的太太，但作個情婦大致上還不會太差，運氣好的話，也許能作成姨太太。名分地位李玲並不看重，有個男人，還不是什麼控制不住的男人，也有幾個錢，這就差不多了。特別是，等到生下了孩子，男女間也不過就是這麼回事。

於是李玲盡力爭取表現，很快的即打入易明勝的事業圈中。在牀上，李玲乖巧善解人意，這許多年下來也不是沒見過男人的口味，要怎麼表現，李玲不難掌握得恰到好處，還佔了不是一般風塵女郎的這層便宜，良家婦女若有不足之處，也勝過賣身的十足技巧許多。

李玲還順利的懷了一個孩子，生下來幸運的又是個男嬰，孩子報戶口，將來的教育等等問題，使李玲提出名分的要求，易明勝沒什麼遲疑就答應了。

要搬回家裏住一起，易太太自然不肯，她像任何女人，哭鬧，以孩子們作要脅，什麼都使了出來，只差沒有上吊。易明勝處理的方式十分簡單，要嘛，易太太接納李玲，照樣作她的易太太，否則，要離婚，搬出去住一切隨她。

易太太諮詢她的姊妹淘，丈夫有個姨太太同住一層樓的吳太太，這時才發現自己的丈夫也不盡然是最壞的，至少沒讓她與那個女人彼此磕頭碰腦的住在一起，有了這層發現，吳太太愈發以過來人的心態，擺出一副教訓的口吻：

「我說易太太，我們女人家再怎樣無能，讓先生外養女人，也不能讓他把女人帶進門，這還有天理？」

易太太只有一旁飲泣。倒是年紀較輕的王太太，氣憤的提出質疑：

「先生要把女人帶進家來，難道就是我們的錯？我覺得也不能只怪我們女人，有些事，是先生作的，後果得由他們負責。」

「是啊！我那裏作錯了，這麼多年，我幫他侍奉婆婆，養大小孩，孩子一個個書讀得好好的，我那裏作錯了？」易太太流著眼淚說。

「錯在誰有什麼分別？有什麼好分辯？」吳太太一副不爲所動的模樣。「反正男人就要這樣作，我們有什麼辦法？」

一夥太太全低下頭。

最後有人提議到某個廟裏燒香，也有人提議去找算命的解運，易太太全照著作了，易明勝並沒有兩樣，只是距孩子滿月，李玲要進門的那天愈來愈近了。

李玲帶著孩子和簡單的兩個皮箱進門那天，易太太也只能在樓上不肯下來，算是留住最後一點尊嚴。

依照易明勝的決定，易太太和孩子住樓上，李玲帶著稚子和老母住樓下，易太太的孩子們得管李玲作阿姨，而且見面不能不稱呼。

李玲以她一貫的善解人意，不許久卽發現易明勝的老母在家並沒什麼地位。其時已是七十高齡的易老太太，雖不再像年輕時得等家裏的男人吃過飯再上桌，對發達起來的易明勝，仍然唯唯諾諾，易明勝說什麼，沒有不依的。

雖然如此，李玲仍盡心的對待易老太太，花下各種工夫討她歡喜，對易明勝的幾個孩子，李玲也想法籠絡，明知不會成功，仍時時笑臉迎人。

易太太總不能一輩子不下樓來吃飯，李玲又三番兩次上樓去請，一聲聲「姊姊、大姊」叫得再溫順不過，易太太也只有認了這個「妹妹」。

易家表面上看來從此和平共處。易明勝一個星期樓上三天樓下四天，一個星期樓上四天樓下三天，兩個太太則分主其事，大易太太照舊張羅一家人吃的、穿的，小易太太產後回復上班，各式應酬都由小易太太出面，兩個女人界線分明，一個主內，一個主外。

易明勝這時候算是春風得意，朋友間多半有三妻四妾，有人還趁機打趣：

「有了老二，就會有第三的，無三不成禮嘛。」

「慢慢再說，慢慢再說，應付不來。」易明勝笑臉推托。

「誰不知道再幾個你都行，愛吃假客氣。」朋友笑罵，心裏這才有幾分不是滋味。

易家開始產生明顯變化是大易太太生的幾個小孩，功課逐漸退步，讀高中的老大一向成績平平，突然從後面開始可以倒數。讀國二的老二經常晚歸，也向媽媽要更多的錢，一下說是補習，一下說是買參考書。易太太心疼孩子「沒有了爹」，孩子要什麼有什麼，要不就是坐到孩子的房間裏，窸窸窣窣一哭一個晚上。

李玲搬進來住半年不到，易太太整個人整整瘦了不只一圈，生產加上中年後的肥胖，這時全不見了。姊妹淘一稱讚她身材苗條，易太太眼淚就往下掉。易太太還開始得了嚴重的失眠症，一隻蚊子嗡嗡的從耳邊飛過，也能鬧得她一個晚上睜眼到天亮。

爲了讓易太太能好好睡，姊妹淘建議她多作運動，有的帶她去學韻律操，有的提議打網球，有的說要作有氧運動，樣樣俱學過一遍，易太太仍不得安眠。年輕的王太太突發奇想，建議去地下舞廳跳舞。

「跳舞可當作運動，在那裏又能認識朋友，氣悶容易發散，就會睡得好。」王太太說。

一夥太太個個都覺刺激，由王太太帶路，到林森北路巷子一家地下舞廳，女性進場免費。入口收門票的人看一夥中年女人，臉上略帶不耐煩。

去的時間是下午時分，舞廳裏沒多少人，幾個像逃學的年輕男女，模樣稚嫩，但動作極爲大膽，一面跳舞一面渾身上下亂摸。所幸還有幾個中、老年男人，大概弄不過那些滿場飛的年輕女娃，有人前來邀舞。

「這一家有人年齡跟我們相近，包準玩得來。」王太太一眨眼睛。

就像認定在舞會上不可能結識結婚的對象，對來地下舞廳的人，一夥太太們也心存閃避。來之前王太太就一再告誡，來這種地方的人，多半抱著逢場作戲的心態，認眞不得，更要小心被一些年輕、靠女人吃飯的小白臉看上，到時候人財兩失不說，還眞會搞到家破人亡。

「我們來這裏只要解悶，不玩眞的，所以絕對不能透露眞實姓名、住址，免得被糾纏。」

王太太說。還指導一夥太太來之前盡除一些飾物，不僅幾克拉的鑽戒不要戴，連脖子上的金項鍊也除下來，衣著更要樸素。

「裝扮得像個公務人員的太太。」王太太叮囑。

幾個太太果眞裝扮樸素，吳太太還特地到菜市場地攤上買了一件一百五十塊錢的洋裝，開車的太太們不開車，有司機的也寧可不坐自家車，分坐了幾部計程車。

一坐定卽有人前來邀舞，太太們一時打不定主意，紛紛笑鬧作一團，最後一致推派年輕的王太太先上場。王太太也就故作經驗老到，等到一支稍快節拍的舞才上場，幾個太太都心裏有數，那是怕慢舞容易被佔便宜。

一個下午跳下來，只有兩、三個太太下場跳舞，其他人光坐在一旁看，也感到十分刺激有趣，紛紛約定下次還要再來。

下次再來對周遭較熟悉，幾個被邀請的太太下舞池，其他太太紛紛也結成雙跳舞，原來就有一、兩個太太舞跳得極好，權充男伴跳男方的舞步駕輕就熟，兩個女人一起跳舞既可摟摟抱抱不擔心什麼後遺症，一夥人都跳得滿身是汗——特別是也跟著跳起她們所謂的「踢死狗」——廸斯可。

有人邀舞的太太，也沒有忘掉其他太太，紛紛鼓勵男伴邀請她們下舞池，一回生二回熟，又是大夥玩在一起沒什麼顧慮，去了幾次後，一夥太太認識了三、四個也常到那家地下舞廳的常客。

王武雄卽是當中的一個。

一開始，易太太只知道王武雄叫「王先生」，那是當他們第一次在那家地下舞廳自我介紹認識時，王武雄只肯透露他的姓，而易太太由於全然沒有經驗，雖然王太太曾一再告誡過，仍然脫口而出：「叫我易太太好了。」

話一出口，立卽後悔，生怕眞會給自己帶來什麼麻煩。又想到這「易太太」三字，已面目全非，家裏那一個，還不是照樣自稱易太太，而且還作得有板有眼更像「易太太」。自己居然還如此不爭氣，連出來地下舞廳玩耍玩耍，還不自覺要說出那個眞是食之無味、棄之可惜的稱號。想到這裏，易太太眼圈一紅，忍不住抬起手來拭淚。

一旁的王武雄全看在眼裏。地下舞廳的燈光雖暗，習慣後倒也還好，特別是易太太那個拭淚的動作如此明顯，王武雄不會不在意。

於是著意不問任何關於易太太的私事，只是談起自己，趕快解說並非地下舞廳的常客，由於店裏最近較空閒，想作點消遣也沒有地方可去，有一回在路上被一個年輕人慫恿：

「頭家，跳舞，查某卡水，一次一百五而已。」

就跟著進來這家地下舞廳，來後覺得有趣，有時光是看人跳舞，也能消磨一下午，不自覺店裏一有空，就往這裏來排遣時間。

易太太只聽，不曾多說什麼。王太太的告誡她一直謹記在心。「知人知面不知心」，誰知道這個王先生是什麼角色，安什麼心，又有什麼企圖。

王武雄這邊也小心謹慎。這位易太太看來像個家庭主婦，可是誰能擔保背後沒有什麼仙人跳花樣？更何況王武雄打定主意來這裏只爲排遣時間，犯不著去沾惹個有夫之婦，到時候沒完沒了，搞不好還要吃官司。眞想玩的話，舞廳裡有的是逃學的女學生、離家出走的小女孩，一頓牛排特餐加上一點小錢，就能弄上手，自己又不是出不起，何必往痲煩的沾。

兩人彼此心存戒心，在那家地下舞廳雖然常常碰頭，但僅是言不及義的談些天氣、社會事件。王武雄逐漸對易太太注意，因爲易太太不論他說些什麼，都聽得津津有味，追問之下才知道易太太每天除了隨意瀏覽一下報紙外，幾乎完全不讀書報雜誌的。王武雄對易太太逐漸有了更多的信賴。

「這樣一個單純的家庭主婦，不會作什麼壞事。」

王武雄也故作不在意的同其他太太偶爾打聽易太太，模模糊糊的得知易先生另有女人等等家庭問題，對易太太同情之餘自然又多了幾分好感。

不過兩人眞正有較密切的關連是李玲進門半年多後，一次孩子之間的爭執，李玲抱怨易太太的孩子欺負她的兒子。李玲進門才幾個月，已讓易老太太往她那邊靠，手法不外小心翼翼加上常常大包小包的禮物，所以這次孩子間的爭執，連易老太太也站在李玲這邊。

易明勝處理這件事是訓斥了易太太一頓，他的理由十分充足，連老母親都覺得李玲對，那麼，一定是易太太生的孩子不對。而那個讀國二的兒子，自然免不了挨父親一頓打，本來就常常逃學的兒子，往往每天背著書包沉著臉出去，也不知到底在幹什麼。

易太太氣憤之餘，隔天下午一到那家地下舞廳，見到王先生，像見了親人一樣，眼淚掉個不停，兩人正跳一隻慢舞，易太太哭濕了王先生胸前一大片襯衫。

彼此都沒有戒心，才互道眞實姓名。由王武雄口中，易太太得知他的太太子宮頸癌過世已兩年多，五十來歲的男人，不上不下，要續弦談何容易。家裏開的一家小建材店，有專科畢業的兒子照顧，日子一閒下來，更是整天盼不到日頭西落。

經過一次談心，兩人算有些認定對方，模模糊糊的，就是感到有點相互憐惜，愛倒是還談不上，也沒有什麼自覺要相愛，只是有那麼一點知心和同情。

這就在擧止間似有若無的表現出來。一夥太太們會意，也想湊合，開始不斷替他們製造機會。不多久後吳太太被一個年輕男人盯上，那男人模樣長得不錯，就是太小心翼翼，而且想必有備而來，看上吳太太手頭鬆。一夥太太怕吳太太上當，全當狗頭軍師去了。對易太太和王武雄之間，感到放心，漸漸少管到他們兩個。

兩人這才有機會離開那家地下舞廳，光明正大的有了「地上」活動。

一開始兩人離開地下舞廳回家，都是各走各的，生怕被跟踪惹上麻煩。等到兩人彼此有那麼一點相惜的好感，才相約一同離開。

那是個秋天有雨的下午，易太太得趕在李玲和易先生五點半下班前回家，才不致敗露行踪。王武雄原來都走得比較晚，那天爲了送易太太，也提早離去，兩人一走出陰暗的地下室，到了車聲嘈雜的馬路上，不由自主的對看一眼。

易太太這才看清王武雄一張小鼻子小眼睛的臉，完全沒有黑暗中看來俐落清爽，只顯得五官擠在一起毫無氣派，標準的一個小商人模樣。王武雄也是第一次在那般明亮的白天看到易太太臉上不無皺紋，特別是從鼻端直延到嘴角的兩道溝痕，像兩把利劍。身材雖然不胖，但總是生過小孩，小肚子高高的前凸。王武雄想起朋友出入酒廊、北投常喜歡說一句話——見光死，說那些風塵女郎，不要看在幽暗的燈光一臉濃妝人模人樣，一卸妝在日光下看來，全不是那麼囘事。

第一眼在天光下看到易太太，湧上王武雄心頭的也即是那句話。

——見光死。

兩人因爲第一次在明亮的光線下清楚瞧見對方，都有些不安，慌忙避開彼此的視線，易太太匆匆跳上一部計程車，抛下一句再見卽頭也不曾轉過來。

可總還有再見面的機會，特別是多在天光下見過幾囘，少去第一次的生疏，彼此又認定了對方的相惜，很快的外表容貌卽不算什麼了。

他們約著一起作些簡單的活動，比如看場午場的電影，或兩人逛街，易太太幫王先生挑選襯衫、內褲之類。多半時候，他們仍聚在那家地下舞廳，陰暗是最好的保障，兩人都知道他們玩不起拋頭露面的遊戲。

持續的交往總會走到最後的關頭。雖然王先生幾次暗示，易太太卻不曾答應，她也不知道自己要守些什麼，只感到做這件事對不起易明勝。而易明勝再怎樣連小老婆都娶到家裏，總是她丈夫，她的身體就該只歸他所有。一切就是這樣，自然而且必然。

可是家裏糾紛不斷，不外李玲在易明勝枕邊細語造成的效果，使易太太連最後一點堅持都難再感到是對的，她答應了王武雄，兩人到臨近地下舞廳的一家賓館，時間是兩人在一起後的三個多月。

易太太原有幾分自棄及爲要報復易明勝，但兩人在那黑暗未開燈的旅館床上脫了衣服，王武雄那樣細心的討好她，要她好，甚且有了易明勝從來不曾對她做過的動作。感激加上感動，使得易太太享有了一次難得的愉快經驗，雖然王武雄與易明勝比較起來，前者的能力顯然是十分低劣的。

有了第一次後就容易，問題反而出在約會的地方。王武雄家裏是無論如何不能不去的，他與三個還未結婚的兒女，住一棟公寓，就在建材行的樓上，耳目絕對避掉。易太太這邊，婆婆每天在家，她也沒有這個膽量帶王武雄回家，兩人只有繼續相約在賓館。而每次進出賓館，易太太一顆心總提到胸口，只要被任何一個人看見，鬧到家裏，不要說李玲，就是連兒女、婆婆，都不會輕易放過她的。

易太太想到搬出來外面住。

她同幾個姊妹淘商量過，搬出來住表面上是失敗了，拱手將丈夫讓給李玲，「鳩佔鵲巢」，不是有這樣一句話？但事實上除了她將得到更多的自由，與王武雄不需要每回心驚膽戰的到賓館約會外，她還能趁現在處在弱勢，表面上是忍受不了李玲自願求去，由此向丈夫要得一些較實質的保障。

「要妳先生買個房子給妳，」出這個計策的吳太太叮嚀，「那個女人現在恨不得妳搬出來，她一定會說動妳先生，房子也不需要太大，在市區，三、四十坪，總也值個幾百萬，以後萬一有什麼變化，妳也才不會人財兩空。」

易太太聽取了吳太太的建議，在李玲進門一年多後，要求離去，李玲還不無幾分得意計畫得逞，終於使易太太忍受不了自動求去，果眞說動易明勝，在民生社區，給易太太買了層房子，產權淸楚，易太太還讓吳太太給出了個主意，到法院公證夫妻財產分開，那房子，才眞是名正言順的在易太太名下，所有權也歸她。

搬出來自己住，雖然孩子帶在身邊，易太太的確感到自由自在多了。只是她仍然很小心，大廈裏的住戶本來見面機會就不多，易太太讓王武雄每回到她那裏，都得等到同一樓沒有別的人走動，才要王武雄敲門。易明勝早些時候總還懷點愧疚，偶爾會來看看她和孩子們。孩子們對易明勝十分不諒解，以爲如若不是父親又弄了個狐狸精，母親不會被「逐出家門」，對易明勝愛理不理，易太太與他早就沒什麼話說，易明勝來過幾回，自覺無趣也就不常來，只是按月叫公司的會計小姐送來生活費。

有一段時間，這個家庭算是各得所需，李玲爲自己的戰果感到驕傲，易太太走後，過一陣子離婚並非不可能，李玲看到自己榮登易太太寶座的幸福遠景，笑瞇了一雙不大的眼睛。

易明勝則不用在家裏看兩個女人擺臉色，一時也身心愉快，心思不免再度活絡起來。

# 第三樂章：第三者

李玲得知易明勝在外面又有了一個女人，是易太太搬出去一年半左右，更讓李玲恨得咬牙切齒的是，這個消息，還是由易太太處得知的。

易太太搬走幾個月，李玲就感到易明勝行踪常交代不清。易明勝以家裏需要有個女人持家爲由，要李玲辭去在他公司的工作。李玲快樂的開始扮演一個乖巧的小妻子（只差沒有名分），服侍易明勝十足周到，回家後幫著寬衣、拿拖鞋、倒茶、放洗澡水，沒有一樣不做到，還親自下廚，作易明勝愛吃的菜。李玲不懷疑有關婚姻的說法：

——掌握了先生的胃就等於掌握了他的人。

仍然是姨太太「寄居」身分的李玲，更不會忘掉，除了作太太式的掌握先生的胃，還得掌握先生的心。知道易明勝喜歡一面作愛一面看小電影，李玲還特別在臥房裝了錄放影機，希望能重拾以往未進易家前與易明勝在賓館偷情的刺激與樂趣。

可是易明勝還是有了其他的女人。

李玲以過去和易明勝偷情的經驗，一當他開始常找藉口遲歸，公司的應酬也不再帶她出席，李玲就知道易明勝另有了其他人。特別是，易明勝雖然還時常要她，能力也看不出有顯然的不同，但李玲知道他極可能前一兩天才作過愛。

李玲不動聲色，只有加倍對易明勝好，還不時到公司走動，可惜的是，接電話的小姐、會計小姐，還有易明勝的秘書，都知道明哲保身，不曾多說一言半語；或者是，易明勝已經用錢收買了人心。

李玲探不出什麼，易明勝仍舊遲歸，李玲好話說盡，好事作絕仍無效，最後終於用上了眼淚攻勢。李玲知道哭鬧不僅沒有用，還可能會壞了事，她不是沒親眼看見每同易太太哭鬧，易明勝一臉嫌惡的神情。

李玲流著眼淚，但擺極低的姿態告訴易明勝，他不在家時她有多寂寞，有多想念他，生怕他冷了、餓了、累了，只希望他能常在身旁，然後技巧地愛嬌地給自己留後步的噘著嘴問：

「你是不是在外面又有了人呢？」

易明勝自然矢口否認，更加倍地對她溫柔。

問了第一次，有了開頭，李玲在易明勝遲歸時，常連連追問，只是語氣不同，有時會以極肯定的反問來套話。

「我聽人家說你帶一個年輕女孩到餐廳吃飯，還帶她到賓館！」李玲說。

「誰說的？那有這回事。」易明勝不爲所動。

「眞的，人家形容得有模有樣……」

「眞有了又怎樣？」易明勝眉頭一皺，顯現動怒。

李玲立刻換上笑臉：

「沒有啦，我只是說，要你小心點，外面壞女人那麼多，誰不知道你易董事長有錢人又瀟灑……」

「有了妳我還會看上誰？」易明勝說，明顯的虛情假意，但也已陪了笑臉。

李玲自然不敢再接續這話題。

有時候李玲含著眼淚，而易明勝被問急了，也會說：

「是有啦，應酬罷了，還不是那些賣的，妳傷心什麼？」

果眞是賣的，李玲就不擔心了。李玲知道易明勝不會弄個風塵女郎到家裏來。外頭玩玩的他也不願當眞，易明勝總自恃他還受過不差的教育，不是那些暴發戶土財主，只夠格玩弄風塵女子。易明勝眞會要回家的一定是良家婦女，這也才眞讓李玲擔夠了心。

於是想到易太太，當初她不也是這樣擔心受怕過來的？爲了找尋慰藉，李玲給易太太打了電話，那是從易太太搬出去後，李玲第一次主動與易太太聯絡。原來兩人住一起時，是樓上樓下彼此閃避著對方，招呼都懶得打的。

易太太聽到是李玲，不知是故意或是眞有好心，很快就將話題轉到李玲關心的易明勝身上。

「妳知道他另外有人，二十來歲的一個小女學生，也不怕遭報應。」易太太輕描淡寫的說。

李玲卻是心頭一沉，手脚冰涼，但還顧得嘴巴上不饒人，肯肯定定的說：

「我也早就知道了，不過，要她進門來，那我是絕對不會肯的。」

電話另一頭易太太冷笑了一聲。

「李小姐能幹，對方那樣一個小女孩，叫什麼，什麼林美紋的，當然不會是妳的對手。」

李玲聽到易太太叫她「李小姐」，心頭猛地又是一驚，匆匆閒扯了幾句，顧不到對方是否起疑，立即掛斷電話，雙手捂住心口，嘴裏不自覺的發出一聲又長又淒厲的乾號。

是啊！她永遠都只是「李小姐」，有多少時間她忘了自己仍然只是李小姐？從易太太搬出去住後？還是從一開始她就不曾眞正會意自己只是「李小姐」？她心裏一直以爲她是易太太，可是事實上不是。

而她這樣一位「李小姐」，她這樣的身分，又怎樣來阻止林美紋進門。當初明正言順的易太太都阻止不了她李小姐進門，現在她這個什麼名分也沒有的李小姐，又能用什麼身分開口？

李玲大哭了一場，那天晚上易明勝回家，李玲也不曾再強顏裝笑，看到李玲腫得只剩一條細縫的眼睛，易明勝心裏有數，卻一句話都沒說，裝作不知道的早早上了牀。

易明勝心頭雪亮，這一回，有易太太的事作前車之鑑，他是怎樣都不會將林美紋弄回家裏來「王見王」的。雖然這陣子建築業不景氣，拖垮了他幾個其他事業，要再養像林美紋這樣一個小女人，給她弄個家，還難不倒他易明勝。

林美紋那個小女人，幹！眞夠味。易明勝想。

認識林美紋是在朋友開的貿易公司裏，唸敎會學校的林美紋由於英文能力不差，等於作了個英文秘書，有時候有國外客戶來，陪著應酬，作作翻譯，也是她份內的事。

易明勝見過她幾回，在公司裏，只是個秀秀氣氣的女孩，姿色也不見特別。倒是有一回，大夥陪一個澳洲來的客戶到酒廊，坐在一堆鶯鶯燕燕濃粧豔抹的酒廊小姐中，林美紋少說話又只顧低著頭，易明勝看著她一張瓷白的臉，有點平面的五官，不知怎的心裏一動。

他一逕覺得她熟悉，卻又想不出爲什麼，他仔仔細細回想同他有過關係，或他認識的女人，沒有一個人與她有類似之處。然而，不管她爲何讓他覺得熟悉，自那個晚上後，易明勝心頭就常盤據那樣一張五官小巧，因爲臉色極白，竟然有些平面感覺的瓷白的臉。

他常藉故到朋友的貿易公司，就是爲了看她，爲了聽她低柔安靜的說話聲，在她對他尚未有任何疑心之前，易明勝清楚感到對林美紋的愛。

是啊！那的確是愛情，過往從不曾有過，但的確是愛的一種感情。四十幾歲的易明勝在初知曉自己心中的愛情時，原還暗暗笑罵過自己：

「幹！老來才出天花。」

可是，更大的一股力量，拖著他眩暈的、不由自主的往下沉，那從未有過的愛的感覺，使易明勝在林美紋面前手足無措，說錯話或結結巴巴。而除了他閃光的眼睛外，易明勝還穿起夏威夷買的繁花襯衫，留較長的頭髮，極力的要使自己看來年輕。

林美紋終於注意到並感到可笑。那樣一位體面的中年人，何苦將自己弄得像小丑般，林美紋原這樣想，但一當知道易明勝的反常舉動是因著自己時，林美紋再笑不出來。

林美紋偶聽到人談易明勝，只知道他家庭似乎不太美滿，太太搬出去外面自己住，至於離婚沒有，林美紋也不很清楚。林美紋一向喜歡看小說，某某女士的愛情小說，她沒有一部不曾看過，當然，一些女作家的散文，她也沒有錯過，對易明勝的不幸婚姻，自然免不了多些幻想。

林美紋始終覺得自己是不快樂、也不曾被瞭解的。同年齡的男孩子，她總以爲他們淺薄，他們談如何湊個十來萬，去買一輛二手車，談臺灣的經濟發展，該如何投資才可能致富，談怎樣離開公司，自己出來作貿易。而他們約她出來，對她不見得有什麼好感，卻約會幾次後就想動手動腳，一當她拒絕，他們卽不再露面，而且林美紋還偶爾會聽到有關她的閒言閒語：

「瘦得剩下一把骨頭，有什麼好踐的？脫了衣服，恐怕連胸部都沒有，像個發育不良的十四歲小女孩。」

或者是：

「故作聖女狀，誰不知道那種教會學校裏出來的最騷，一向讀英文，接觸到的都是外國人嘛！」

林美紋聽到這類傳言，愈發覺得自己孤獨，便更理直氣壯的拿起一本×××女作家的散文集，整個星期假日都不離手。

林美紋既看不上那些她所謂缺乏內涵的同年齡男孩，本身又不是生得特別美麗，家境也十分普通，絕不符合男士成家的條件：

——娶一個有錢的女人，可以省掉往後三十年的努力。

在「她挑人、人挑她」的情形下，林美紋二十一歲，仍沒有男朋友，也不曾談過戀愛。週末不上班無處可去，躲在家裏看小說，看「刺鳥」這類的愛情故事，愈發感到眞愛難覓。

易明勝以他的閱歷和年齡，很快的弄淸楚這個膚色白皙、兩眼睜向天空的女孩怎樣在作她的一簾幽夢。易明勝自知要談文藝小說，他絕非她的對手，可是他卻一定有她會喜歡的成熟、穩重這些所謂中年的特質。當然，他還能扮演一個有耐心的情人，這是其他的年輕男人較難做到的。

是啊！易明勝在李玲的身上得到滿足，偶爾也不放棄權益的去玩玩自己的老婆，易明勝當然沉得住氣，聽林美紋談她最崇拜的女作家，早晨來上班時路旁一枝「好美好美伸出圍牆的小紫花」。

「一朵小小的紫花，眞的，絕不是什麼名貴的花吔，可是就那麼美。」

林美紋說，易明勝則憐惜的看著她。

易明勝製造種種大夥在一起的機會，他讓林美紋的老闆，也就是他的朋友，常藉故陪客戶談生意，要林美紋在場。就如林美紋常強調自己不看瓊瑤：

「那是國小、初中時看的，現在，還看那些，就未免太不長進了。」

林美紋作秘書也自有她的格調，她知道這類應酬難免，她又的確會說英文，立下決心不妨擺一種高格調秘書的形式，也就是說，正大光明的陪客人吃飯，喝咖啡都沒問題，但不來其他的。

林美紋的老闆也清楚，她這樣一個瘦得奶罩恐怕得墊幾層海綿的女孩，客戶不見得有太多趣味，要玩眞刀眞槍，有的一萬塊左右即可陪著吃晚飯到短敍的豐滿女郎，何必去自找麻煩。

於是一起吃飯喝咖啡唱卡拉ＯＫ，等其他男人短敍，過夜去了，易明勝就扮演護花使者的角色以他的賓士車送她回家，車上開著美軍電台的音樂節目，除了表示自己的格調外，老實說易明勝也弄不懂該放什麼音樂，才能取悅這樣一位會看小說的女孩。

車上易明勝總會輕描淡寫的談到他一點不快樂的家庭。的確！易太太最近常和李玲冷戰，大兒子混了小幫派，前幾天管區才來通知。但在易明勝口中，林美紋聽來的只是這個忙碌於商場，得面對巨大壓力的男人，爲著某種原因（林美紋不知道，礙於情面也不好意思問），和太太處不好，兒子亦難管教。

她憐惜這個男人不快樂的家庭婚姻生活，卻忘了問，誰才是造成不幸的原因。幾個月後，連易明勝都感到林美紋對他的關懷，已不是「那麼簡單」。

接下來的發生得很自然，不外有一回送走了一個澳洲客戶，已是淸晨一點半，易明勝提議去吃宵夜，弄到三點多鐘才送林美紋回家，然後，突然想起的隨意說：

「乾脆找個地方休息一下，妳住永和那麼遠，回家上牀都要四點了，等到六點半又要起來搭公車上班，多麻煩。」

林美紋想想有理，沒有拒絕，易明勝從來不曾有任何毛手毛脚的舉動，找個賓館各睡各的，不會有關係。

她忽略了那天晚上她一直在喝酒，雖然量不多，從飯館到酒廊的白蘭地，到宵夜的啤酒。她自恃自己一向能喝酒，卻忽略了疲倦使得酒有意想不到的後果。

一坐到易明勝車子，林美紋就想睡，好不容易撐到賓館，林美紋沒有拒絕隨同她進入房間要幫她看看「四處安不安全、舒不舒服」的易明勝。

在房間裏易明勝擁住她，讓她舒適的睡在牀上。

「我講個故事給妳聽。」易明勝笨拙的儘力回想以往爲了給兒子講牀邊故事看的童話，好不容易才想到「白雪公主」。

「很久很久以前，有個皇后，沒有兒女，有一個下雪的冬天……」

「生了個漂亮的女兒，皮膚像雪一樣白，叫『白雪公主』。」林美紋笑著接口，心頭一緊，爲著那樣一個從來不是羅曼蒂克，也絕不會讀童話的半百男人，如此努力的在討好、取悅她。

當易明勝吻她時，她沒有拒絕，總想她一定能守住最後關頭，易明勝除去她的衣服時，她拉住他的手，但他在她耳邊說：

「讓妳可以睡得舒服一點。」

失去衣服，他的撫摸讓她感到十分舒坦，她想著他一向對她的好，及她逐漸自覺的情愫，但她還是有些不甘心而且害怕，在她掙扎著他最後的一項舉動時，她的力量完全抵不過他的。

易明勝在最後關頭算是用了强，他算準她不會大叫，而失去這次機會，他將再難到手。但當發現她還是個處女時，易明勝無論如何仍有些愧疚，以及，更甚的是一種欣喜。她是除了他的老婆外，他睡過的第二個處女，李玲擺明著不是，那些買的女人雖然有的也落紅，誰知道不是婦產科醫院整型出來的。易明勝一向有這樣的認知，不是他的能力所能控制的範圍，他不會輕易相信。

林美紋則意識到失去了一項跟隨自己二十幾年的清白，不知怎的悲從心來，放聲大哭。之後，林美紋像許多失去初夜的女孩，心想既然身體都給了他，也只有跟他了。

得到林美紋，易明勝並不曾轉臉卽冷眼相待，除了第一次的刺激與驚奇，老實說，易明勝在林美紋身上並不曾得到太多快樂，他對她的伺候勝過他自己的取樂。但易明勝喜歡心頭那種暖暖的，對林美紋的牽掛，他有時想，他幾乎是像對待一個女兒一樣的在縱容著林美紋，忍讓著她種種的任性。

林美紋則像任何嚮往愛情的外遇第三者，抱怨易明勝得回家，睡在另個女人的牀上，抱怨易明勝不能常來陪她，然後有一天，她抱怨過以往她一定認為最俗氣的——她要有名分。

易明勝有易明勝的打算，有了李玲和易太太住在一起的經驗，易明勝不敢輕易讓林美紋和李玲住在一起。他得慢慢的說服她。讓他在外面給她弄個美麗的家，她要生幾個孩子都可以，至於名分，那是太麻煩的要求。易明勝搞不懂女人為何那樣在意這種空頭銜。

當然，要給林美紋名分也作得到，易太太已開出來離婚的要求，她現在住的房子外，再給她五百萬，三個孩子她都可以不要。易明勝算算，易太太這一求去得挖掉他一千多萬，他這陣子卡在房地產上太多錢，經濟情況大不如前，更何況，他再有錢，也不會花個一千萬買回來「易太太」這個名分，「易太太」這三個字值一千多萬，眞是開玩笑。

還有，易明勝不無考慮，讓林美紋作易太太，他得怎樣擺平李玲？李玲除了生了個兒子外，過往對他的公司也頗有貢獻，他不能這樣「長幼不分」，往後他怎樣在這夥女人前建立起公正形象。

在表面和諧但爭執不斷下，易明勝、易太太、李玲、林美紋，仍「和諧」的過了一陣子。

首先發難的是易太太，她要求離婚不得，求助於她的姊妹淘，年長的吳太太說她聽律師說過，只要找到通姦的證據，就能到法庭告訴，易明勝如不想當被告，自然得花大筆錢來讓太太撤銷告訴。

易太太聽入心中，小心打探易明勝最近的動向，方得知有林美紋這個人的存在，本來以爲握有一張王牌，同王武雄一商量，一向較平和忠厚的王武雄斷然表示行不得。

「妳去掀妳丈夫的底，妳不怕妳丈夫找徵信社來掀我們，到時候吃官司的可是我。」

「那麼便宜他我可眞不甘心。」易太太說。

「我們也不缺生活的錢，妳要那五百萬幹嘛，多一事不如少一事，算了，算了。」

易太太午夜夢廻，心想由於這「易太太」三個字，只能和王武雄偷偷摸摸，不像他易明勝，小老婆可以一個個公然的帶進家門，心裏實在氣不過，最後決定將這消息透露給李玲。

「讓李玲去整整那個死鬼，李玲一向行，包準鬧得他天翻地覆。」

過往面對李玲的猜疑，易明勝一定矢口否認，他知道承認這種事情的後果，女人嘛，反正只要一口咬定，她們會寧願相信這個甜蜜的謊言，而不會追究事實。這次李玲連名帶姓都提得出來，易明勝仍不改初衷，只輕描淡寫的加上一句：

「偶爾找她出來陪陪客戶嘛，妳不必這麼大驚小怪，告訴妳的人說不定故意造謠，等著看我們吵架。」

李玲想想有理，誰知道易太太安的什麼心。但李玲也不是輕易哄騙得了的人，她運用以往在公司工作留有的一點影響力，很快弄清楚林美紋上班的電話。

李玲是以「易太太」的名分同林美紋打電話，林美紋不疑有他，著著實實的被羞辱一頓。直到那片刻，林美紋才醒悟，她輕易不曾付出的感情，她自視是一份至眞至愛的高貴情愛，帶給她的只是羞辱。

易明勝則花了一整個下午、晚上，才哄得林美紋打開房門，看到哭得眼睛成一條線，鼻頭擦得通紅的林美紋，心中自是十分疼惜，再聽到易太太惹的禍。易明勝答應要給林美紋一個公道，飛車到易太太處，不分青紅皂白的給易太太一陣毒打，由於連續幾個巴掌又加上用脚踹，易太太整個耳朵一片轟轟聲，只有易明勝離去前拋下一句話倒還聽出幾分。

「下次再去找美紋，我就不止讓妳嘗嘗這些。」

易太太心知有蹊蹺，也猜到幾分，打電話給李玲求證，李玲知道惹出大禍，只好改口說：

「我是想替姊姊出面給那個賤人一點顏色，誰知道那賤人這麼會告狀，把我們都害慘了。」

易太太怕往後的生活費會斷掉，忙著要給易明勝打電話解釋，不肯聽李玲講什麼就匆匆掛斷電話，待找到易明勝，一五一十的說了個清楚。

易明勝給李玲的同樣是一頓毒打，長久以來，易明勝就感到這兩個女人需要一點教訓，否則家裏難和，以後怎能把林美紋弄囘家。爲了給李玲一點下馬威，易明勝打李玲出手尤其重。李玲被打得下體流血，一到婦產科檢查，醫生證實是打掉一個剛懷的小孩，李玲月經一向不是很準，這回過期十幾天原不曾多在意，一知道是懷孕，又給易明勝打得流產，李玲悲從中來，想想這幾年來當姨太太的百般苦楚，一賭氣，搬去和一個遠房的表姊同住。

## 變奏

說是同住；事實上是租那遠房表姊夫和表姊的一間房間。作公務員的表姊夫和表姊，省吃儉用了大半輩子，好不容易在民生社區買了一幢三十幾坪的房子，每個月的貸款付來還不十分輕鬆，李玲原想氣氣易明勝，也要給易明勝一個好看，看她離家後一家老小要如何安排。所以願意給表姊表姊夫一筆不小的錢租下一個房間，也看上有表姊一家人能有個照應，有表姊夫可以代為出頭。

易明勝果真到李玲表姊家來要接她回去，對易明勝來說，有了林美紋並不表示即不要李玲。他花在李玲身上不少錢，這些錢都在李玲手中，更何況，李玲既有朝一日是他易明勝弄進家門的女人，即不容她再轉手他人，否則多沒面子，豈不給那些家有幾個姨太太的朋友笑話，他易明勝連一個姨太太也罩不住。

李玲誤會了易明勝的來意，避不見面，以為要擺足架子，易明勝多來幾次再回去才能讓他知道「得來不易」。沒想到易明勝來一回接不到人，就不再露面，只偶爾打一兩個電話過來要她回去。李玲一賭氣，索性在表姊家暫住下來。易明勝接不回李玲，順理成章的告訴林美紋，他太太離家，留下一個幾歲的小兒子和老母不知如何是好，要林美紋前往代他照顧一下，他會儘快想辦法解決和太太之間的關係。

林美紋出於同情這樣一個無助的、被太太遺棄的男人，又看上將來可能有的美好結婚遠景，想想這輩子既跟了易明勝，只有同甘共苦，便收拾幾件隨身行囊，答應搬過去「暫時」代為照料。

李玲得知她離開一個多月，易明勝就弄了林美紋搬進家門，後悔太大意著了易明勝的道，一時氣恨不過，故意去勾搭那不時盯著她胸部打轉的表姊夫，很快的即在一天中午，表姊夫藉故中午休息時間回家，在李玲房間的單人牀上，匆匆辦好事，再溜回去上班。

四十幾歲的表姊夫，在公家機構上班，二十幾年來標準的上下班，爲了付一個房子的分期付款，假日裏還拿一些文書工作回家做，突然間遇上李玲，從沒見過李玲這等陣仗，一時眞弄不清東南西北，想的儘是李玲豐腴的胸部與一身細膩皮膚。

李玲原看上表姊夫老實，相信他過去不會有什麼婚外情，爲報復易明勝，自然不找像他那類花心老倌。要找個對自己還有點眞心的，好滿足一下易明勝移情別戀所帶給她的傷害。可是當表姊夫壓在她身上，癡迷的大談要離婚再與她結婚的種種，李玲不免儍了眼。

她原只想玩玩，沒料到他竟來眞的。李玲捫心自問，她是否願意下半輩子就跟定他？有名有分也未嘗不好，這幾年下來，李玲算是過怕了姨太太，得看人臉色的生活，能有個屬於自己的家，不是每個女人的期望？何況，她年歲漸長，等到有一天年華老去，再遭易明勝離棄，那時再要找人，恐怕也已太遲。

李玲一點一滴的逐漸放下感情，但她畢竟是個見過世面的女人，她明白事情再繼續下去，難逃鄰居的法眼。表姊夫中午常常回來，藉口也不好找，時間一長久，難保鄰居的閒言閒語不會傳到表姊耳中，那時候事情鬧開來，對誰都沒有好處。她還得好好仔細盤算她是否眞要表姊夫，果眞要，也不急在這一時，得等到他和易明勝那邊有個了結，孩子、財產的問題都弄清楚，否則，拖著一個表姊夫，搞不懂易明勝會使出什麼手法。易明勝再寬宏大量不追究，知道她另有人，怕一毛錢都不會再給她。

李玲想到搬回易家，再作長久打算，可是卻找不到適當的藉口，好拉下臉來自己回家，要指望易明勝來接她，那可眞是門都沒有。

就在這時候，易太太那邊出了一件驚天動地的事。

由於害怕被人看到說閒話，易太太和王武雄還是經常到那家地下舞廳相會，有個下午，兩人正坐著有一句沒一句的聊，突然上來一個年輕小夥子，指稱易太太剛才同他跳舞時，偷了他的錢，爲數有兩萬多。

易太太大呼寃枉，她來後只上過一次洗手間，根本沒同其他什麼人跳舞。可是年輕人指證歷歷，地下舞廳老闆只有請他們到辦公室談，一打開易太太皮包，果眞就有兩萬多塊，連同一條紅橡皮筋紮著，都如同年輕人的指證。

易太太一時也傻了眼。

地下舞廳老闆追問錢的來源，易太太只能說是她的，因爲家裏沒有人不放心放在家裏，所以隨身帶出來。兩人各說各話，爭執不下，最後地下舞廳老闆只有決定將他們一起送到警察局，讓警察辦理。

在警察局裏，年輕人舉出更有利的證明，那捲鈔票有幾張一千、幾張五百，都說得十分正確，反觀易太太，除了一口咬定錢是她的，什麼例證也舉不出來。

王武雄自然挺身而出，作證易太太整個下午都同他在一起，警察爲確實證人證詞的公信度，問兩個人的關係，王武雄看眼易太太，不知如何作答，半天才勉强說出：

「朋友，談得來的朋友。」

那年輕人察言觀色，於是一口咬定易太太和王武雄一定是串通一起，相互掩飾作案，事情鬧下去，警察要易太太聯絡家人出面，好證實錢的來源。

易明勝一聽易太太在警察局，還給指控在地下舞廳作小偷，匆忙趕到，看到一臉淚痕，嚇得愣在一旁只知哭泣的易太太，再看到王武雄一臉關懷、心疼的神情，立卽猜到幾分。

易明勝原想撒手不管，但一想到她的身分還是易太太，鬧出去他易明勝要如何作人，而且她畢竟是幾個孩子的母親，不能讓孩子受此恥辱，才拿起電話撥給一位熟識的律師。事情傳揚出來，李玲認爲正是回易家的適當時機，於是裝作一副易明勝有難，要回家同赴患難。

離開表姊家，不知情的表姊還特別作了一點菜，歡送李玲，希望她此去夫妻和好，平安快樂，李玲瞧著豐盛的菜餚，對給三個孩子和生活折磨得看著像五十歲的表姊，才有著幾分愧疚。

不過，反正還不一定要搶她的丈夫。李玲想，心安理得的吃完飯。

回到易家李玲心裏有數，故意裝作不認識林美紋。林美紋則傻在當場。不久前才見到那個正在打官司的易太太，正奇怪年紀不小的易太太，怎麼會有幾歲大的小兒子留在家裏。又見到這個女人自稱易太太，一回家摟著兒子叫心肝寶貝。林美紋一回過神來，衝向一旁給易明勝狠狠甩了兩個耳光，留在易家的東西也不去收拾，卽叫了車子回到原來住的地方。

就是那個晚上林美紋想不開，吃了五十幾顆四處藥房買來的安眠藥，想想又覺得死了不甘心，因而吞了藥之後，打電話到報社，鬧得報社的人一個晚上鷄犬不寧。

## 尾聲

這個外遇事件，牽扯上易明勝、易太太、王武雄、李玲、李玲的表姊、表姊夫和林美紋，共有七個人，可以說是暑假裏當我處理一系列的外遇問題中，碰到的規模最大的外遇事件。

關於幾個人的下場，讀者也許有興趣知道。往後幾次同林美紋接觸，我從她口中得知，易太太得力於一個名律師之助（當然花了易明勝許多錢），贏得官司，算是不用去坐牢，易明勝從此也卽不再過問易太太的死活。至於兩人，婚約關係倒還在，不過據猜測，等過一陣子事情平息，易明勝大概會要求離婚。

易太太則再不敢涉足地下舞廳，不過由於她與王武雄的關係，易太太很害怕易明勝在提出離婚要求時，會要回她現在住的房子，到時候她將一無所有。

至於李玲和她的表姊、表姊夫的關係，後來證實表姊並非不知情，她只是寄望著丈夫能迷戀一陣子後回頭。每天獨自吞下無數的淚水和苦楚，像許多丈夫有外遇的妻子，甚至不敢同丈夫提及他的外遇，害怕事情一揭穿，丈夫即不顧情意，斷然離去。

如同李玲的表姊從一開始就知道丈夫與表妹勾搭。由於表姊夫經常中午回家，四鄰早就傳說紛紛，閒話甚且傳到易明勝的公司，這是林美紋得知這件事的緣由。如同「丈有外遇妻子總是最後一個知道」，李玲的外遇（如果沒有名分的姨太太另有情人也算外遇的話），易明勝似乎也將是最後一個知道。

林美紋並不打算以李玲的外遇來打擊李玲，就像她說過的，她自己也走過這條漫長的不歸路，事實上，她同情李玲勝過於責怪李玲。

而且最重要的是，林美紋並不希望同易明勝就此過完她的一輩子。林美紋知道要離開易明勝並不容易，但她相信，只要有這樣的信念，終有一天，她會走出這一片情感的陰霾，重見陽光並享受陽光。

最後一次當林美紋同我見面時，她仍然蒼白的臉上有著一絲淺淡微笑。

「李姊姊，不用擔心我，下一次，我會知道什麼才是愛，並且好好的去愛。」

暑假過完，我如期的寫完「外遇」這本書，拿到有兩百七、八十頁的「外遇」，老實說，我的感觸良多。這本書，果眞依我原先的構想，分由統計、法律、心理、社會、醫療與性、女性的成長幾個章節來探討外遇問題，無非是希望能給牽涉入外遇事件的人一些幫助。而後有讀者來信，說他（她）們由「外遇」一書中獲益頗多，因爲我談到許多實際問題的處理。湧上我心頭不免一陣心酸。

爲著的是，「外遇」一書中實際的例子，實在是來自許多像易太太、李玲、林美紋這些不幸的婦女的血淚經驗！

〈著者簡歷〉

李昂，本名施淑端，台灣鹿港人，一九五二年生，文化大學哲學系、美國奧勒崗州立大學戲劇碩士，現任教於文化大學。

從高一發表短篇小說「花季」至今，李昂的小說一直備受爭議。中篇小說「殺夫」被翻成英、德、法、日文出版。英文版在美、英兩國更出有平裝本（Paper back）、德文版也有平裝本問世。

書名：外遇
訂價：NT200元

1992年2月／初版
著者／李昂
校對／朱瑾
發行人／李昂
總經銷：貿騰發賣股份有限公司
台北市和平西路1段80號2F
Tel：3683897
Fax：3684896
封面設計：麥克菲爾創意製作
印刷：優文印製公司

ISBN 957-97013-7-7